# 自學日語

## 實況溝通 **50** 篇

# 前言 Foreword

　　對華人來説，日語既熟悉又陌生。日語有不少「漢字」（漢字），像「銀行」、「週末」、「風邪」、「大丈夫」等等，皆源自古代漢語。華人似乎看得懂，但到頭來還是瞎子摸象。日語又有不少「外來語」，如「コーヒー」（coffee）、「ビール」（beer）、「ノート」（notebook）等等，大部分來自英語。讀起來跟原文有幾分相似，通英語的華人勉強可以猜得出。

　　日本次文化流行東亞各地，香港也不例外。日語是日本僅有的通用語言，所以也是通往日本次文化的關鍵。日本劇集、電影、漫畫、動畫、電子遊戲等等都是深受年輕人喜愛的次文化產品。如想親嘗原汁原味，還是要學懂日語。

　　本書包含完備的日語會話情景，配合標準日語示範朗讀。會話貼近日常生活，生動有趣，不如一般教科書矯揉造作、呆滯死板。只要讀者反覆聆聽、跟讀，日語會話能力必可提升。

　　本書附有二維碼，日籍作者親身朗讀最地道的會話範例，易聽易學，為讀者提供多媒體的學習環境。

| 使用説明 | | |
|---|---|---|
| ⓘ 同義示例 | 📖 語文知識 | ⬆ 對上司或長輩用語 |
| ⓡ 反義示例 | ♂ 男性用語 | ⬇ 對下屬和晚輩用語 |
| ⓣ 類似示例 | ♀ 女性用語 | 💬 省略下文 |
| 💬 衍生對話 | 👥 朋輩用語 | |

# 目錄 Contents

# 目錄 Contents

# 目錄 Contents

# 第 1 章

# 交際

# 1.1 問安

🎧 010.mp3

| | |
|---|---|
| 👥 早安。 | おはよう。<br>**ohayou** |
| 早安。 | 類 おはようございます。<br>ohayou gozaimasu |
| | 📖 跟「こんにちは konnichiwa」（你好）、「こんばんは／ kombanwa」（晚上好）不同，日語說「早安」用敬語的時候要加上「ございます」。這結構跟「ありがとう arigatou」（謝謝）變成「ありがとうございます／ arigatou gozaimasu」一樣。 |
| 你睡得好嗎？ | よく眠れましたか。<br>yoku nemuremashitaka |
| 真是早起呢。 | 早いですね。<br>hayai desune |
| 那麼早出去啊。 | 朝早くからお出かけですか。<br>asa hayaku kara odekake desuka |
| 👥 你好。 | こんにちは。<br>konnichiwa |
| 今天天氣很好。 | 今日は、いい天気ですね。<br>kyou wa, ii tenki desune |
| 你好嗎？ | お元気ですか。<br>ogenki desuka |
| 你好嗎？ | 類 お元気でしたか。<br>ogenki deshitaka |
| | 📖 原句「ですか desuka」換成過去形「でしたか」後，意思稍微不一樣。此句的具體意思是「沒見的一段時間內都好嗎？」 |
| 生活過得如何？ | いかがお過ごしですか。<br>ikaga osugoshi desuka |

011.mp3

好久不見。　お久しぶりです。
ohisashiburi desu

♀ 啊，好久不見了。　㊣ あら、お久しぶりですね。
ara, ohisashiburi desu ne
📖「あら」是表示驚訝的女性語，一般男性用「あれ／are」、「おお／oo」等。「ね」表示請求對方同意而作柔和的感覺的語氣。

好久不見了。　㊣ しばらくでしたね。
shibaraku deshita ne
📖 お久しぶり是好久沒見的意思，しばらく則表示比較長的一段時間。如：「しばらくしたら戻ってきます／shibarakusitara modotte kimasu」（過一段時間後再過來）。朋友之間可以說「しばらく／shibaraku！」、「久しぶり／hisashiburi！」，也是「好久不見」的意思。

👥♂ 嗨，你好。　やあ、元気？
yaa, genki

還是那麼忙嗎？　相変わらず、お忙しいですか。
aikawarazu, oisogashii desuka

↑ 託您的福，都好。　おかげさまで元気です。
okagesamade genki desu

↑ 你的家人過得都好嗎？　ご家族の皆様もお元気ですか。
gokazoku no minasama mo ogenki desuka

大家都過得不錯。　💬 みんな元気です。
minna genki desu

還是老樣子。　相変わらずです。
aikawarazu desu

↑ 謝謝你一直以來的關照。　いつもお世話になっております。
itsumo osewa ni natte orimasu

∩ 012.mp3

| | | |
|---|---|---|
| | 我起行了。 | 行ってきます。**itte kimasu** |
| ↑ | 我起行了。 | 圓 行ってまいります。<br>itte mairimasu |

| | | |
|---|---|---|
| | 一路走好。 | 行ってらっしゃい。**itte rasshai** |
| | 小心點，一路走好。 | 類 気をつけて行ってらっしゃい。<br>ki o tsukete itte rasshai |
| | | ■ 「気をつけて」的原型「気をつける／ki o tsukeru」是「小心」、「注意」的意思，為「行ってらっしゃい」一句加上叮囑。 |

| | | |
|---|---|---|
| ↑ | 我回來了。 | ただいま戻りました。<br>**tadaima modorimashita** |
| | 我回來了。 | 圓 ただいま。<br>tadaima |

| | | |
|---|---|---|
| 👥 | 你回來啦。 | お帰り。<br>**okaeri** |
| ↑ | 您回來啦。 | 類 お帰りなさい。<br>okaerinasai |
| ↑ | 您回來啦。 | お帰りなさいませ。<br>**okaeri nasaimase**<br>■ 加上「ませ」更強調尊敬，如「いらっしゃい／irasshai」（歡迎你來）、「いらっしゃいませ／irasshaimase」（歡迎您光臨）。 |

| | | |
|---|---|---|
| | 你好。 | こんばんは。**kombanwa**<br>■ 用於黃昏或夜晚。 |

| | | |
|---|---|---|
| | 晚安。 | おやすみなさい。<br>**oyasuminasai** |
| 👥 | 晚安。 | 類 おやすみ。<br>oyasumi |

| | | |
|---|---|---|
| | 祝你有個好夢。 | いい夢を。**ii yume o** |

# 1.2 告別

🎧 013.mp3

| | | |
|---|---|---|
| 💬 | 那麼，一會兒見。 | では、また後で。<br>dewa, mata ato de |

| | | |
|---|---|---|
| | 再見。 | さようなら。<br>sayounara |

| | | |
|---|---|---|
| | 再見。 | 同 さよなら。<br>sayonara<br>📘 簡單一點可以這樣說。不會日語的外國人，不少也能說「sayonara」。這句好像已經變成日語中的英文外來語。 |

| | | |
|---|---|---|
| | 下次見吧。 | また、お会いしましょう。<br>mata, oai shimashou |

| | | |
|---|---|---|
| ↑ | 希望有天能再見面。 | 次にお会いできる日を楽しみにしております。<br>tsugi ni oai dekiru hi o tanoshimi ni shite orimasu |

| | | |
|---|---|---|
| 👥 | 保重。 | 元気でね。<br>genki de ne |

| | | |
|---|---|---|
| | 祝你好運。 | ごきげんよう。<br>gokigen'you |

| | | |
|---|---|---|
| 💬 | 再見。 | では。dewa |

| | | |
|---|---|---|
| 💬 | 再見。 | 同 それじゃ。<br>soreja |

| | | |
|---|---|---|
| 👥 | 再見。 | 類 じゃあね。jaa ne<br>📘 年輕人經常說。比「さよなら／sayonara」更常用。 |

| | | |
|---|---|---|
| 👥 | 再見。 | 類 またね。mata ne<br>📘 這也是年輕人經常用的。可以說：「また今度／mata kondo」、「また会おうね／mata aou ne」。 |

🎧 014.mp3

👥💬 明天見。 また明日。
mata ashita

👥💬 下週見。 🎴 また来週。
mata raishuu

👥💬 明年見。 🎴 また来年。
mata rainen

👥 掰掰。 バイバイ。
baibai

💬 祝旅途愉快。 よい旅を。
yoi tabi o

祝一路順風。 お気をつけて。
oki o tsukete

👥 那麼，下次見。 じゃあ、また今度ね。
jaa, mata kondo ne

👥 大家請多多指教。 みんなによろしくね。
minna ni yoroshiku ne

⬆ 請代為向伯父伯母問好。 ご両親によろしくお伝えください。
goryooshin ni yoroshiku otsutae kudasai

請代我向大家問好。 皆さんにも、よろしくお伝えください。
minasan nimo, yoroshiku otsutae kudasai

今天實在非常愉快呢。 今日はとても楽しかったです。
kyou wa totemo tanoshikatta desu

🎧 015.mp3

| | | |
|---|---|---|
| | 不好意思，我先走了。 | お先に失礼します。<br>osaki ni shitsurei shimasu |
| | 那麼，失陪了。 | 類 では、失礼します。<br>dewa, shitsurei shimasu<br>📘 「失礼します」是表示離開這裏，要回家。 |
| ↑ | 我先失陪了。 | 類 失礼します。<br>shitsurei shimasu |
| ↑ | 不好意思。 | 類 失礼しました。<br>shitsurei shimashita<br>📘 也有「不好意思我弄錯（失敗）了」的意思。 |
| ↑ | 打擾了。 | お邪魔しました。<br>ojama shimashita |
| 👥 | 那麼，小心點吧。 | じゃ、気をつけてね。<br>ja, ki o tsuketene |
| | 辛苦你了。 | お疲れ様でした。<br>otsukaresama deshita |
| | 小心點。 | お気をつけて。<br>oki o tsukete |
| | 期待我們能再見面。 | また会える日を楽しみにしています。<br>mata aeru hi o tanoshimi ni shite imasu |
| | 期待我們能再見面。 | 類 また会えるのを楽しみにしています。<br>mata aeru no o tanoshimi ni shite imasu<br>📘 「の」是「のこと／no koto」（……的事情）的縮寫。 |

# 1.3 感謝

🎧 016.mp3

| | |
|---|---|
| 👥 謝謝。 | ありがとう。**arigatou** |
| | 📖 語氣普通。 |
| 謝謝。 | 類 ありがとうございます。 |
| | arigatou gozaimasu |
| | 📖 語氣有禮。 |
| 不用客氣。 | 💬 どういたしまして。douitashimashite |
| 謝謝。 | 類 ありがとうございました。 |
| | arigatou gozaimashita |
| | 📖 態度恭敬。 |
| 謝謝。 | 類 どうもありがとうございます。 |
| | doumo arigatou gozaimasu |
| | 📖 語氣更恭敬。 |
| 多謝了。 | 類 どうもありがとうございました。 |
| | doumo arigatou gozaimashita |
| | 📖 語氣更恭敬。 |
| 實在感謝。 | 類 感謝します。kansha shimasu |
| | 📖 用於比較正式的場合。 |
| ⬆ 向您道謝。 | 類 お礼申し上げます。 |
| | orei moushiagemasu |
| | 📖 這也是用於比較正式的場合。 |
| 👥 謝謝。 | 類 サンキュー。sankyu- |
| | 📖 即英語 thank you。 |
| 謝謝。 | 類 どうも。doumo |
| ⬇ ♂ 謝過了。 | 類 悪いね。warui ne |
| | 📖 朋友之間的輕一點的說法。 |
| 👥 沒什麼大不了。 | 💬 別にたいしたことしてないって。 |
| | betsu ni taishita koto naitte |
| 不，不客氣。 | 💬 いいえ、どういたしまして。 |
| | iie, douitashimashite |
| ⬆ 不用客氣。 | 💬 とんでもございません 。 |
| | tondemo gozaimasen |

017.mp3

| | | |
|---|---|---|
| | 請不要在意。 | どうぞお構いなく。<br>douzo okamainaku |
| | 別在意。 | 気にしないでください。<br>ki ni shinaide kudasai |
| 👥 | 多謝一直以來的幫忙。 | いろいろありがとうね。<br>iroiro arigatou ne |
| | 你真是幫了我一個大忙。 | 大変助かりました。<br>taihen tasukarimashita |
| | 真心感謝你的幫助。 | 手伝っていただき、感謝しています。<br>tetsudatteitadaki, kansha shite imasu |
| | 彼此彼此。 | こちらこそ。<br>kochirakoso |
| ⬆ | 能幫到忙是我的光榮。 | お役に立てて光栄です。<br>oyaku ni tatete kouei desu |

# 1.4 道歉

🎧 018.mp3

| | | |
|---|---|---|
| 不好意思。 | すいません。<br>**suimasen** | |
| 對不起。 | ごめんなさい。<br>**gomennasai** | |

**👥** 對不起。

🔵 ごめんね。
gomen ne
📖 ね表示輕而柔和一點的感覺，如：「ありが
とね／ arigato ne」（謝謝）。

**⬆** 不好意思。

🔵 申し訳ありません。
moushiwake gozaimasen
📖 比「ごめんなさい／ gomennasai」更強。

失陪了。

🔵 失礼しました。
shitsurei shimashita
📖 也有離開這裏的意思。

**👥 ♂** 對不起。

🔵 悪かったね。
warukatta ne

**👥** 對不起。

🔵 ごめん。gomen
📖 敬語用「ごめんなさい／ gomennasai」。

**⬇** 不好意思。

🔵 すまない。sumanai
📖 敬語用「すみません／ sumimasen」。

**⬇** 不好意思。

🔵 すまなかったね。
sumanakattane
📖 輕一點的感覺。只作對下用。

| | | |
|---|---|---|
| 不好意思，打擾你了。 | ご迷惑をお掛けして、すみませんでした。<br>**gomeiwaku o okakeshite, sumimasen deshita** | |
| 請不要在意。 | 気にしないでください。<br>**ki ni shinaide kudasai** | |

| | | |
|---|---|---|
| ⬆ | 在說什麼？ | 何をおっしゃるのですか。<br>nani o ossharu no dusuka |
| ⬆ 💬 | 是我的失策…… | 私としたことが…。<br>watashi to shitakoto ga |
| 💬 | 不知道怎樣表達我的歉意…… | どうやってお詫びすればいいか…。<br>douyatte owabi sureba iika |
| ⬆ | 打擾了，真的不好意思。 | ご迷惑をお掛けして本当に<br>申し訳ありません。<br>gomeiwaku o okakeshite hontou ni moushiwake arimasen |
| | 我在反省。 | 反省してます。<br>hansei shite masu |
| | 不用擔心。 | 心配しないでください。<br>shimpai shinaide kudasai |
| | 打擾了，不好意思。 | 迷惑かけてごめんなさい。<br>meiwaku kakete gomennasai |
| | 不好意思，打擾你了。 | ご迷惑をお掛けしてすみませんでした。<br>gomeiwaku o okakeshite sumimasen deshita |

# 1.5 打招呼

🎧 020.mp3

| | |
|---|---|
| 請便，不用客氣。 | どうぞ、ご遠慮なく。<br>douzo, goenryo naku |
| 請稍等一下。 | ちょっと待ってください。<br>chotto matte kudasai |
| ⬆ 請稍等一下。 | 同 少々お待ちください。<br>shoushou omachi kudasai |
| ⬆ 請稍等一下。 | 類 しばらくお待ちください。<br>shibaraku omachi kudasai |
| | 📖 「しばらく」比「少々／shoushou」有更久的感覺。 |
| 👥 對不起，讓你久等了。 | ごめん、お待たせ。<br>gomen, omatase |
| 不好意思，讓你久等了。 | 類 どうも、お待たせしました。<br>doumo, omatase shimashita |
| | 📖 這裏的「どうも」是「どうもすみません／doumo sumimasen」的意思。 |
| ⬆ 不好意思，讓您久等了。 | 📖 どうも、お待たせいたしました。<br>doumo, omatase itashimashita |
| 您先請。 | お先にどうぞ。<br>osaki ni douzo |
| 不要緊嗎？ | 大丈夫ですか。<br>daijoubu desuka |
| 沒關係嗎？ | かまいませんか。<br>kamaimasenka |
| 不要緊的。 | 大丈夫ですよ。<br>daijoubu desuyo |

🎧 021.mp3

| | |
|---|---|
| 沒關係的。 | かまいませんよ。 kamaimasen yo |
| 沒什麼大不了。 | 🕲 大<sup>たい</sup>したことはありません。 taishitakoto wa arimasen |
| 辛苦了。 | ご苦労<sup>くろう</sup>さまでした。 gokurousama deshita |
| 辛苦了。 | 🕲 お疲<sup>つか</sup>れさまでした。 otsukaresama deshita |
| | 📖 跟「ご苦労<sup>くろう</sup>さまでした」一樣，向上司 / 長輩等不太適用。 |
| 該告辭了。 | そろそろ失礼<sup>しつれい</sup>しましょう。 sorosoro shitsurei shimashou |
| 請慢慢來。 | どうぞ、ごゆっくり。 douzo goyukkuri |
| 歡迎。 | ようこそ。 youkoso |
| ⬆ 歡迎。 | よくいらっしゃいました。 yoku irasshaimashita |
| 打擾了。 | お邪魔<sup>じゃま</sup>します。 ojama shimasu |
| 承蒙你的關照。 | いろいろお世話<sup>せわ</sup>になりました。 iroiro osewa ni narimashita |
| ⬆ 請進。 | どうぞ、お入<sup>はい</sup>りください。 douzo, ohairi kudasai |
| ⬆ 請坐。 | どうぞ、おかけください。 douzo, okake kudasai |
| ⬆ 請，不用客氣。 | どうぞ、おかまいなく。 douzo, okamai naku |
| 讓你久等了。 | お待<sup>ま</sup>たせしました。 omatase shimashita |
| ⬆ 給你添麻煩了。 | ご迷惑<sup>めいわく</sup>をおかけしました。 gomeiwaku o okake shimashita |

**21**

# 1.6 介紹

🎧 022.mp3

| | |
|---|---|
| 初次見面。 | はじめまして。<br>**hajimemashite** |
| 多多指教。 | よろしく。<br>**yoroshiku** |
| 👥 多多指教。 | 🔵 よろしくね。<br>yoroshiku ne |
| 請多多指教。 | 🔵 どうぞよろしく。<br>douzo yoroshiku<br>📖 比「どうぞよろしくお願いします」輕鬆一點。 |
| ⬆ 還請多多指教。 | 🔵 どうぞよろしくお願いします。<br>douzo yoroshiku onegai shimasu<br>📖 常用語。可以省略「どうぞ」。也可以用「します」換「いたします」，表示更禮貌一點。 |
| ⬆ 還請多多指教。 | 🔵 どうぞよろしくお願いいたします。<br>douzo yoroshiku onegai itashimasu |
| ⬆ 也請你多多指教。 | 💬 こちらのほうこそ、よろしくお願いします。<br>🔵 kochira no houkoso, yoroshiku onegai itashimasu<br>📖「こちらのほうこそ」表示「彼此／我也……」。可以說「こちらのこそ／kochirakoso」，意思一樣。 |
| ⬆ 還請多多指教。 | 🔵 よろしくお願いします。<br>yoroshiku onegai shimasu |
| ⬆ 彼此彼此。 | 💬 こちらのほうこそ。<br>kochirano no houkoso |
| 彼此彼此。 | 💬 こちらこそ。<br>kochirakoso |
| 這是我的名片。 | これは私の名刺です。<br>**kore wa watashi no meishi desu** |

🎧 023.mp3

| | |
|---|---|
| 我在索尼公司工作。 | 私はソニーで働いています。<br>watashi wa soni- de hataraite iamsu |
| 讓我先介紹一下自己。 | 私から自己紹介しましょう。<br>watashi kara jikoshoukai shimashou |
| ⬆ 讓我介紹一下自己。 | 🔊自己紹介させていただきます。<br>jikoshoukai sasete itadakimasu<br>📓用讓的形式表達謙虛。 |
| ⬆ 那麼,讓我介紹一下自己。 | 🔊それでは、自己紹介させていただきます。<br>soredewa, jikoshoukai sasete itadakimasu |
| ⬆ 我叫田中,初次見面。請多多指教。 | 私は田中と申します。はじめまして、どうぞよろしくお願いいたします。<br>watashi wa tanaka to moushimasu.<br>hajimemashite, douzo yoroshiku onegai itashimasu |
| 這位是我的同事。 | こちらは私の同僚です。<br>kochira wa watashi no douryou desu |
| 這是我的同學。 | 私のクラスメートです。<br>watashi no kurasume-to desu |
| 這是我的父親。 | 私の父です。<br>watashi no chichi desu |
| 這是我的女朋友。 | 僕の彼女です。<br>boku no kanojo desu |
| 這是我的妻子。 | 私の妻です。<br>watashi no tsuma desu |
| ⬆ 謝謝你一直以來的照顧。 | いつもお世話になっております。<br>itsumo osewa ni natte orimasu |

🎧 024.mp3

| | | |
|---|---|---|
| ↑ | 說話我會很留心聽。 | よくお話を伺っております。<br>yoku ohanashi o ukagatte orimasu |
| | 已經耳聞過那些傳聞。 | よく噂を聞いてます。<br>yoku uwasa o kite masu |
| | 終於見上面了。 | やっとお会いできましたね。<br>yatto oai dekimashita ne |
| | 很在意會是怎樣的人呢。 | どんな人かと気になってました。<br>donna hito kato ki ni natte mashita |
| | 沒想到會是那麼年輕。 | 意外とお若いですね。<br>igai to owakai desu ne |
| | 我以為會比較年長。 | もっと年配の方だと思ってました。<br>motto nempai no kata dato omotte mashita |
| | 這是我家的電話號碼。 | こちらが自宅の電話番号です。<br>kochira ga jitaku no denwabangou desu |
| | 上面是我家的電話號碼，也是傳真。 | 上の番号が家の電話番号で、<br>ＦＡＸ兼用です。<br>ue no bangou ga denwabangou de,<br>fakkusuken'you desu |
| | 下面的是手機號碼。 | 下の番号がケータイ番号です。<br>shita no bangou ga ke-taibangou desu |
| | 這是電子郵箱。 | これがメールアドレスです。<br>kore ga me-ruadoresu desu |
| | 也有手機用的電子郵箱。 | ケータイメールもあります。<br>ke-taime-ru mo arimasu |

# 1.7 祝賀

🎧 025.mp3

| 恭喜你。 | おめでとうございます。<br>omedetou gozaimasu |
| 👥 恭喜你。 | 類 おめでとう。<br>omedetou |
| ⬆ 恭喜你畢業。 | ご卒業おめでとうございます。<br>gosotsugyou omedetou gozaimasu |
| 👥 幹得不錯嘛。 | やったね。<br>yattane |
| 聖誕節快樂。 | メリー・クリスマス。<br>meri- kurisumasu |
| 祝你生日快樂。 | お誕生日おめでとうございます。<br>otanjoubi omedetou gozaimasu |
| 新年快樂。 | あけましておめでとうございます。<br>akemashite omedetou gozaimasu |
| 新年快樂。 | 新年あけましておめでとう。<br>shinnen akemashite omedetou |
| 祝你出院快樂。 | 退院おめでとうございます。<br>taiin omedetou gozaimasu |
| ⬆ 祝你們結婚快樂。 | ご結婚おめでとうございます。<br>gokekkon omedetou gozaimasu |
| ⬆ 祝你今年過得愉快。 | よいお年でありますように。<br>yoi otoshi de arimasuyouni |
| 👥 恭喜你合格。 | 合格おめでとう。<br>goukaku omedetou |

🎧 026.mp3

| 👥 | 還是你厲害，果然是這樣，我早就覺得你一定合格。 | やっぱりね、きっと合格するって思ってたよ。<br>yapparine, kitto goukakusurutte omottetayo |
|---|---|---|
| ⬇ | 幹得不錯嘛，恭喜。 | さすがだね、おめでとう。<br>sasuga da ne, omedetou |

# 1.8 高興

🎧 027.mp3

| 過得幸福。 | 幸せです。<br>shiawase desu |
|---|---|
| 就算馬上要死也沒有所謂。 | もう、いつ死んでもいいです。<br>mou, itsu shindemo ii desu |
| 並不是這麼值得高興的事情。 | こんなに嬉しいことはありません。<br>konna ni ureshii koto wa arimasen |
| 我一定是這世上最幸福的人了。 | きっと私は、世界で一番幸せな人間です。<br>kitto watashi wa, sekai de ichiban shiawase na ningen desu |
| 👥 太好了。 | よかった。<br>yokatta |
| 👥 真是太好了。 | ホントによかったね。<br>honto ni yokatta ne |
| ⬇ 竟然變得這麼高興。 | こんなに喜ばせるなって。<br>konna ni yorokobaserunatte |
| 👥 看到你高興的樣子，我也感到高興。 | 君が喜んでる姿を見てると、<br>なんだか僕まで嬉しくなるよ。<br>kimi ga yorokonderu sugata o miteru to,<br>nandaka boku made ureshikunaru yo |
| ⬇ 祝你好運。 | 幸運を祈る。<br>kouun o inoru |
| 心情好得不能再好了。 | 最高の気分です。<br>saikou no kibun desu |
| 👥 行運了。 | ラッキー。<br>rakki- |

🎧 028.mp3

| | | |
|---|---|---|
| 👥 | 太好了！ | やったぁ！<br>yattaa<br>📖 合格等達到目標時常用。 |
| 👥 | 超高興！ | 超 嬉しい！<br>chou ureshii<br>📖「超」是年輕人經常說的，相當於「很」、「非常」，表示程度高，如「超可愛い／chou kawaii」（非常可愛）。 |
| | 這樣的心情真是出生以來第一次感受到。 | こんな気分は生まれて初めてですよ。<br>konna kibun wa umarete hajimete desu yo |
| | 不知怎的就是有幸福的感覺。 | なんだか幸せな気分です。<br>nandaka shiawasena kibun desu |
| | 今天真的很高興，謝謝。 | 今日は本当に楽しかったです。どうもありがとう。<br>kyou wa hontouni tanoshikatta desu. doumo arigatou |
| | 真是愉快的一天。 | 本当に楽しい一日でした。<br>hontou ni tanoshii ichinichi deshita |
| | 一輩子都不會忘記。 | 一生、忘れられません。<br>isshou, wasureraremasen |

# 1.9 批判

🎧 029.mp3

| ⬇ 住口！ | 黙れ。<br>damare |
| 👥 這根本只是單純在自滿。 | 自慢してるだけじゃないの？<br>jiman shiteiru dake janaino |
| 明天起請別再遲到。 | 明日からは遅刻しないでくださいね。<br>ashita kara wa chikoku shinaide kudasai ne |
| 別開玩笑了。 | ふざけないでください。<br>fuzakenaide kudasai |
| 不喜歡。 | 嫌いです。<br>kirai desu |
| 已經受夠了。 | もうたくさんです。<br>mou takusan desu |
| 👥 已經不關我事了。 | もう僕は知らないよ。<br>mou boku wa shiranai yo |
| ⬇ 隨你的便吧。 | 勝手にしなさい。<br>katte ni shinasai |
| 究竟當自己是誰啊？ | いったい何様のつもりなの？<br>ittai nanisama no tsumori nano |
| 真是無情。 | ひどいやつだ。<br>hidoi yatsu da |
| 究竟當自己是誰啊。 | いったい誰のせいだと思っているのか。<br>ittai dare no sei dato omotteirunoka |
| 像蠢材一樣。 | バカみたい。<br>baka mitai |

🎧 030.mp3

| | | |
|---|---|---|
| | 糟糕了。 | しまった。<br>shimatta |
| ♂<br>👥 | 真讓人困擾。 | 困ったな。<br>komattana |
| | 請你停手。 | やめてください。<br>yamete kudasai |
| | 早知如此，沒有來就好了。 | こんなことなら来なければよかった。<br>konna koto nara konakereba yokatta |
| | 白來一趟了。 | 来て損した。<br>kite sonshita |
| | 都說過這麼多次了。 | 何回も言ったはずです。<br>nankai mo itta hazu desu |
| | 聽膩了。 | 耳にたこができた。<br>mimi ni tako ga dekita |
| | 荒謬極了。 | ばかばかしい。<br>bakabakashii |
| | 真沒意思。 | くだらない。<br>kudaranai |
| | 無聊的傢伙。 | つまらない人だ。<br>tsumaranai hito da |
| 💬 | 豈有此理，接二連三地犯錯。 | よくもまあ次から次へと。<br>yoku mo maa tsugi kara tsugi eto |
| | 夠了，不用再辯解。 | もう言い訳はたくさんです。<br>mou iiwake wa takusan desu |

# 1.10 讚賞

| 幹得不錯嘛。 | 偉いですね。<br>erai desu ne |
| 很了不起啊。 | すごいですね。<br>sugoi desu ne |
| 很優秀嘛。 | 🚇 すばらしいですね。<br>subarashii desu ne<br>📖 自言自語時，只用「すばらしい」就行。 |
| 👥 不是很好嗎。 | よかったじゃない。<br>yokatta janai |
| ⬇ 做得好。 | よくやったね。<br>yoku yatta ne |
| ⬇ 出乎預料地做得好。 | 予想以上の出来栄えだよ。<br>yosou ijou no dekibae dayo |
| 擁有如此才能，實在令人驚訝。 | こんな才能があったなんてオドロキだ。<br>konna sainou ga atta nante odoroki da |
| ⬇ 非常優秀嘛。 | たいへん素晴らしかった。<br>taihen subarashikatta |
| 做得怎可能那麼好，實在是不可思議。 | なんという素晴らしい出来ばえでしょう！<br>nan toiu subarashii dekibae deshou |

# 1.11 表態

🎧 032.mp3

| | | |
|---|---|---|
| 我也這樣認為。 | 私もそう思います。<br>watashi mo sou omoimasu | |
| 💬 雖然很明白你的想法，但是不能同意。 | あなたの言いたいことはよくわかりますが。<br>anata no iitai koto wa yoku wakarimasuga | |
| 💬 雖然的確是這樣。 | 確かにその通りですけど。<br>tashika ni sonotoori desukedo | |
| 我不贊成。 | 私は賛成できません。<br>watshi wa sansei dekimasen | |
| 我反對。 | 私は反対です。<br>watashi wa hantai desu | |
| 我不認為是這樣。 | そうは思いません。<br>sou wa omoimasen | |
| 我認為你錯了。 | 間違っていると思います。<br>machigatteiru to omoimasu | |
| 開玩笑的吧。 | 冗談ですよね。<br>joudan desuyone | |
| 這絕對是錯的。 | 絶対に間違っています。<br>zettai ni machigatte imasu | |

# 1.12 鼓勵

🎧 033.mp3

| | |
|---|---|
| 就試一試好嗎？ | やるだけやってみたらどうだ？<br>yarudake yattemitara dou da |
| 就算覺得是受騙，一試無妨吧。 | だまされたと思って、やってみたらいいですよ。<br>damasareta to omotte, yattemitara ii desu yo |
| 我覺得有挑戰的價值。 | 挑戦する価値はあると思いますよ。<br>chousensuru kachi wa aru to omoimasu yo |
| 山本先生的話，一定做得到。 | 山本さんだったら、きっとできますよ。<br>yamamotosan dattara, kitto dekimasu yo |
| 一定會合格。 | 絶対合格できますよ。<br>zettai goukaku dekimasuyo |
| 絕對會順利。 | 絶対、うまくいきますって。<br>zettai, umakuikimasutte |
| 請竭盡全力。 | 全力を尽くして頑張ってください。<br>zenryoku o tsukushite gambatte kudasai |
| 不論結果如何，只要有盡力嘗試，就有意義。 | どんな結果になろうとも、全力を尽くして挑戦することに意味があるんですよ。<br>donnakekka ni naroutomo, zenryoku o tsukushite chousen surukoto ni imi ga arun desu yo |

∩ 034.mp3

| | | |
|---|---|---|
| 👥♂ | 試一試吧。你的話一定可以。 | やってみなって。君ならきっとできるよ。<br>yatteminatte. kimi nara kitto dekiru yo |
| ↓👥 | 如果是你的話，一定能勝出。 | お前だったら、きっと勝てるよ。<br>omae dattara, kitto kateru yo |
| 👥 | 我為你打氣。 | 応援してるよ。<br>ouen shiteru yo |
| | 為你打氣哦。 | 🔴 応援してますからね。<br>ouen shitemasukara ne<br>📘 比「応援してます／ouen shite masu」意思更強，是強調。 |
| | 暗地裏為你打氣。 | 陰ながら応援してます。<br>kagenagara ounen shiteimasu |
| 👥♂ | 聽天由命吧。 | 当たって砕けろだ。<br>atatte kudakero da |
| | 猶豫。 | ためらうことないですよ。<br>tameraukoto nai desu yo |
| ↓👥♂ | 失敗乃成功之母。 | 失敗は成功の元だろ。<br>shippai wa seikou no moto daro |
| | 不是說失敗乃成功之母嗎？ | 🔴 失敗は成功の元だって言うじゃないですか。<br>shippai wa seikou no moto datte iujanai desuka<br>📘「失敗は成功の元」跟「失敗は成功の母／shippai wa seikou no haha」意思一樣。 |
| | 我們會支持你的。 | 私たちが見守っていますよ。<br>watashitachi ga mimamotte imasu yo |
| | 請加油。 | 頑張ってください。<br>gambatte kudasai |

🎧 035.mp3

| 👥 | 加油！ | ファイト！<br>faito |
| --- | --- | --- |
| 👥 | 加油！ | 🔘 ガンバレ！<br>gambare |

好，維持這個狀態！　　いいぞ、その調子だ！
iizo, sonochoushi da

語法 1　**肯定文**

## 名詞

名詞（名字・職業・年齢・性別・人・東西等）＋です

| | |
|---|---|
| わたしは日本人です。（日本人） | 我是日本人。 |
| 私は田中です。（田中） | 我是田中。 |
| 彼は会社員です。（会社員） | 我是上班族。 |
| 私は学生です。（学生） | 我是學生。 |
| 私は２０歳です。（２０歳） | 我 20 歲。 |
| あの人は女性です。（女性） | 那個人是女性。 |
| こちらは陳さんです。（陳さん） | 這位是陳先生。 |
| これはボールペンです。（ボールペン） | 這是鋼筆。 |

## 形容詞

な形容詞　原型（辞典形）＋です

| | |
|---|---|
| この文法は簡単です。（簡単） | 這語法很簡單。 |
| 彼はとても素敵です。（素敵） | 他非常吸引人。 |
| 彼女の発音は正確です。（正確） | 她的發音很標準。 |

い形容詞　原型（辞典形）＋です

| | |
|---|---|
| この車は新しいです。（新しい） | 這部車是新的。 |
| 猫はとても可愛いです。（可愛い） | 貓是非常可愛的。 |
| 四川料理は辛いです。（辛い） | 四川菜很辣。 |

＊形容詞有兩種

① な形容詞（きれい、大切、簡単、素敵、立派等）
② い形容詞（可愛い、やさしい、新しい、おいしい、甘い等）

## 動詞

### 1 類動詞　原型（u → i）＋ます

| | |
|---|---|
| すぐに行<ruby>い</ruby>きます。（行<ruby>い</ruby>く iku→iki） | 馬上就去。 |
| スーパーに行<ruby>い</ruby>って果物<ruby>くだもの</ruby>を買<ruby>か</ruby>います。（買<ruby>か</ruby>う kau→kai） | 去超級市場買水果。 |
| 本<ruby>ほん</ruby>を読<ruby>よ</ruby>みます。（読<ruby>よ</ruby>む yomu→yomi） | 看書。 |

### 2 類動詞　原型（－る）＋ます

| | |
|---|---|
| 服<ruby>ふく</ruby>を着<ruby>き</ruby>ます。（着<ruby>き</ruby>る） | 穿衣服。 |
| ご飯<ruby>はん</ruby>を食<ruby>た</ruby>べます。（食<ruby>た</ruby>べる） | 吃飯。 |
| 今日<ruby>きょう</ruby>は早<ruby>はや</ruby>く寝<ruby>ね</ruby>ます。（寝<ruby>ね</ruby>る） | 今天早點睡覺。 |

### 3 類動詞（する・来<ruby>く</ruby>る）

| | |
|---|---|
| これから日本語<ruby>にほんご</ruby>を勉強<ruby>べんきょう</ruby>します。（勉強<ruby>べんきょう</ruby>する） | 現在開始學習日語。 |
| 来年<ruby>らいねん</ruby>から留学<ruby>りゅうがく</ruby>します。（留学<ruby>りゅうがく</ruby>する） | 明年開始留學。 |
| 友達<ruby>ともだち</ruby>は中国<ruby>ちゅうごく</ruby>から来<ruby>き</ruby>ます。（来<ruby>き</ruby>る） | 朋友從中國來。 |

＊動詞有三種

① 1 類動詞（行<ruby>い</ruby>く、買<ruby>か</ruby>う、読<ruby>よ</ruby>む、歩<ruby>ある</ruby>く、置<ruby>お</ruby>く等）

② 2 類動詞（着<ruby>き</ruby>る、食<ruby>た</ruby>べる、寝<ruby>ね</ruby>る、見<ruby>み</ruby>る、かける等）

③ 3 類動詞（只有「する」「来<ruby>く</ruby>る」）

## 地道竅訣 1

### 「こんにちは・こんばんは」內隱藏的 3 種「ん」發音

　　「ん」是撥音，實際上有 3 種發音，但一般用羅馬字只表示「n」（但時有例外，比如ま行・ば行・ぱ行之前可能出現「m」音）。在「こんにちは / konnichiwa」發音的時候，舌頭的位置應該在門牙上面牙齦的部分。

　　再看「こんばんは / kombanwa」。第一個「ん」發音的時候，嘴應該閉上（上下嘴唇相碰）。第二個「ん」在發音的時候，嘴應該開着。好像咽喉被塞住的感覺。

　　以上的三個「ん」近似廣東話中「n」、「m」、「ng」的發音。大家說廣東話時，不知不覺已學會發日本語的三個「ん」。粵語中，人（yan）的「n」、三（sam）的「m」、生（sang）的「ng」就是例子。

　　不僅日語，這是全世界的語言也有的共通點。在有後續音的時候，預先準備發那個音的口腔空間，並且減少口的動作，令發音盡量輕鬆。「ん」的發音變化也是根據以上原則。

　　換言之，「ん」如何發音，由「ん」之後的發音決定。

　　在か行、が行之前，或者語尾（文章的最後部分）是「ng」，如：「文化 / bunka」（文化）、「言語 / gengo」（語言）、「ありません / arimasen」（沒有）等。

　　在ま行、ば行、ぱ行之前是「m」，如：「按摩 / amma」（按摩）、「頑張れ / gambare」（加油）、「神秘 / shimpi」（神秘）等。

　　在さ行、た行等其他文字之前是，如：「関西 / kansai」（大阪周圍的關西地方）、「日本人 / nihonjin」（日本人）、「インド（いんど） / indo」（印度）等。

　　實際上這是一個音韻學的問題。大多數日本人都是無意識發音，沒有太多人注意到「ん」有三種不同發音。正如不少香港人對廣東話音韻規則一無所知，很多日本人同樣不太清楚關於本國語言的音韻規則。始終，母語學習是習慣導向的，而不是規則導向的。

# 第 2 章

# 自我介紹

# 2.1 姓名

🎧 040.mp3

| | |
|---|---|
| 我的名字叫山田太郎。 | <ruby>私<rt>わたし</rt></ruby>の<ruby>名前<rt>なまえ</rt></ruby>は<ruby>山田太郎<rt>やまだ たろう</rt></ruby>です。<br>**watashi no namae wa yamada tarou desu** |
| 我姓山田，名太郎。 | 🝔 <ruby>私<rt>わたし</rt></ruby>の<ruby>苗字<rt>みょうじ</rt></ruby>は<ruby>山田<rt>やまだ</rt></ruby>、<ruby>名<rt>な</rt></ruby>は<ruby>太郎<rt>たろう</rt></ruby>です。<br>watashi no myouji wa yamada, na wa tarou desu<br>📖 姓和名分開介紹的方法。 |
| 我叫山田。 | 🝔 <ruby>私<rt>わたし</rt></ruby>は<ruby>山田<rt>やまだ</rt></ruby>といいます。<br>watashi wa yamada to iimasu |
| 我是山田。 | 🝔 <ruby>私<rt>わたし</rt></ruby>は<ruby>山田<rt>やまだ</rt></ruby>です。<br>watashi wa yamada desu<br>📖 最簡單的介紹方法。 |
| ⬆ 我叫山田。 | 🝔 <ruby>私<rt>わたくし</rt></ruby>は<ruby>山田<rt>やまだ</rt></ruby>と<ruby>申<rt>もう</rt></ruby>します。<br>watakushi wa yamada to moushimasu<br>📖 在公式的場合上用，「私／watashi」經常讀成「watakushi」，顯得有禮一點。 |
| 👥 ♂ 我叫一郎，請多多關照。 | <ruby>僕<rt>ぼく</rt></ruby>、<ruby>一郎<rt>いちろう</rt></ruby>よろしくね。<br>**boku, ichirou yoroshiku ne** |
| 👥 ♀ 我叫花子，請多多關照。 | あたし<ruby>花子<rt>はなこ</rt></ruby>よろしく。<br>**atashi hanako yoroshiku** |
| 這名字隨處可見。 | よくある<ruby>名前<rt>なまえ</rt></ruby>です。<br>**yokuaru namae desu** |
| 這名字真少見。 | 🝕 <ruby>少<rt>すこ</rt></ruby>し<ruby>珍<rt>めずら</rt></ruby>しい<ruby>名前<rt>なまえ</rt></ruby>です。<br>sukoshi mezurashii namae desu |
| 這名字真奇怪。 | <ruby>変<rt>か</rt></ruby>わった<ruby>名前<rt>なまえ</rt></ruby>でしょう。<br>**kawatta namae deshou** |
| 因為是很難的漢字，所以不容易記住。 | <ruby>難<rt>むずか</rt></ruby>しい<ruby>漢字<rt>かんじ</rt></ruby>なので、なかなか<br><ruby>覚<rt>おぼ</rt></ruby>えてもらえません。<br>**muzukashii namae nanode, nakanaka oboete moraemasen** |

| | |
|---|---|
| 只有名字並不能判斷對方是男的，還是女的。 | 名前だけでは、男性だか女性だか判断できません。<br>namae dake dewa, dansei daka josei daka handan dekimasen |
| 因為名字很女性化，所以不太喜歡。 | 女性っぽい名前で、あまり気に入っていません。<br>joseippoi namae de, amari ki ni itte imasen |
| 這名字非常有男人味。 | とても男らしい名前ですね。<br>totemo otokorashii namae desu ne |
| 這名字很漂亮。 | きれいな名前ですね。<br>kirei na namae desu ne |
| 這名字很可愛。 | 可愛らしい名前ですね。<br>kawairashii namae desu ne |
| 我是女生，可是名字卻很男性化。 | 反 私は女なのに、男性のような名前です。<br>watashi wa onna nao ni, dansei no youna namae desu |
| 我是男生，可是名字卻很女性化。 | 私は男なのに、女性のような名前です。<br>watashi wa otoko nano ni, josei no youna namae desu |
| 我叫祖梨婭，像外國人吧。 | 私の名前は、ジュリアです。外国人みたいな名前でしょう。<br>watashino namae wa, juria desu.<br>gaikokujinminai na namae deshou |

🎧 042.mp3

| | |
|---|---|
| 我的名字是媽媽起的。 | 私の名は母がつけました。<br>watashino na wa haha ga tsukemashita |
| 這名字是我爺爺起的。 | 類 この名前はおじいちゃんがつけてくれました。<br>kono namae wa ojiichan ga tsukete kuremashita<br>📖 起名是「名前をつける／ namae o tsukeru」 |
| 我的名字的由來是父母希望我健康長大。 | わたしの名前の由来は、元気に育って欲しいという両親の思いからです。<br>watashi no namae no yurai wa, genmki ni sodattehoshii to iu ryoushin no omoi kara desu |
| 我叫健太郎，因為名字有點長，叫健就行了。 | 僕の名前は健太郎ですが、少し長いのでケンと呼んでください。<br>boku no namae wa kentarou desuga, sukoshi nagainode ken to yonde kudasai |
| 這個名字在出生前早已決定好，因為是男女通用的名字。 | この名前は、生まれるずっと前から決められていたようです。男の子でも女の子でも通用する名前ですからね。<br>kono namae wa, umarerumaekara kimerareteitayou desu. otokonoko demo onnanoko demo tsuuyousuru namae desukara ne |
| 因為我是家中排第二的男丁，所以叫次郎。 | 私は次男だから次郎というんですよ。<br>watashi wa jinan dakara jirou to iun desu yo |

🎧 043.mp3

| | |
|---|---|
| 順便告訴你，我們三兄弟，哥叫一郎，弟叫三郎。 | 因（ちな）みに３人（にん）兄弟（きょうだい）で兄（あに）は一郎（いちろう）、弟（おとうと）は三郎（さぶろう）です。<br>chinami ni sanninkyoudai de ani wa ichirou, otouto wa saburou desu |
| 如果再有多一個弟弟出世的話，應該叫四郎吧。 | もし、もう一人（ひとり）弟（おとうと）が生（う）まれたらきっと四郎（しろう）っていう名前（なまえ）になったでしょうね。<br>moshi, mouhitori otoutoga umaretara kitto shirou tteiu namae ni natta deshou ne |

# 2.2 特徵

🎧 044.mp3

| | |
|---|---|
| 我身高一點七米。 | 私の身長は１７０CMです。<br>watashi no shinchou wa<br>hyakunanajussenchi（me-toru）desu |
| 高度一般。 | 背丈は普通です。<br>setake wa futsuu desu |
| 我長得不高也不矮。 | 類 背は高くもなく、低くもないです。<br>se wa takaku mo naku, hikuku mo nai desu<br>📖「高い」有「貴」和「高」兩種意思，<br>如：「高くもなく、安くもないです／<br>takakumo naku,yasuku mo nai desu」（不<br>貴也不便宜。） |
| 日本人之中算長得高。 | 日本人にしては背が高いほうです。<br>nihonjin ni shitewa sega takaihou desu |
| 長得有點矮。 | 背は、ちょっと低めです。<br>se wa, chotto hikume desu |
| 長得比較高。 | 反 背は、わりと高いほうです。<br>se wa, warito takai hou desu |
| 我家族的成員都長得<br>很高。 | 私の家族はみんな背が高いです。<br>watashi no kazoku wa minna se ga takai<br>desu |
| 以這個體重來說長得<br>比較矮。 | 体重のわりには背が低いほうです。<br>taijuu no wari ni se ga takai hou desu |
| 有點胖，所以在減肥。 | ちょっと太り気味なのでダイエットしてい<br>ます。<br>chotto futorigiminanode daietto shite<br>imasu |

🎧 045.mp3

| | | |
|---|---|---|
| 💬 | 原本身材還是很好的。 | もともとは、スリムなほうだったんですが。<br>motomoto wa, surimu na hou dattan desuga |
| | 開始運動後就變瘦了。 | 運動を始めてから痩せました。<br>undou o hajimetekara yasemashita |
| | 雖然爸爸長得高，可是媽媽長得矮。 | 父は背が高いですが、母は低いです。<br>chichi wa se ga takai desuga, haha wa hikui desu |
| | 姐姐比我高10cm。 | 姉は僕より１０ＣＭも背が高いです。<br>ane wa boku yori jussenchi mo se ga takai desu |
| | 跟我長得一樣高。 | 背は私と同じくらいです。<br>se wa watashi to onaji kurai desu |
| 💬 | 如果長得再高一點的話，真想當模特兒。 | もう少し身長が高ければ、モデルになりたいんですが。<br>mou sukoshi shinchou ga takakereba, moderu ni naritain desuga |
| | 穿上特殊的鞋子，是為了讓我看起來高一點。 | 特別な靴を履いて背を高く見せています。<br>tokubetsuna kutsu o haite se o takaku misete imasu |
| | 因為總是穿高跟鞋所以看起來很高，但實際上沒有那麼高。 | いつもハイヒールを履いているので身長が高く見えますが、実はそんなに高くないです。<br>tsumo haihi-ru o haiteiru node shinchou ga takaku miemasu ga, jitsu wa sonnani takakunai desu |

🎧 046.mp3

| 弟弟比我體格魁梧。 | 弟 はもっと体が大きいです。<br>otouto wa, motto karada ga ookii desu |
| 妹妹身材豐滿。 | 妹 はぽっちゃりしています。<br>imouto wa, pocchari shite imasu |
| 臉發福了。 | 顔は、ふっくらしています。<br>kao wa, fukkura shite imasu |
| 好像蘋果一樣紅。 | りんごみたいに、真っ赤なほっぺです。<br>ringo mitai ni, makka na hoppe desu |
| 額頭比較寬廣。 | 額は広いほうです。<br>hitai wa hiroihou desu |
| 因為頭看起來大，用髮型調整一下。 | 頭でっかちなので、髪型でごまかしてます。<br>atama dekkachi nanode, kamigata de gomakashite masu |
| 因為額頭寬廣，所以梳成劉海。 | おでこが広いので、前髪を下ろしています。<br>odeko ga hiroinode, maegami o oroshite imasu |
| 眉毛很濃密。 | 眉毛が濃いです。<br>mayuge ga koi desu |
| 眉毛很稀薄，所以用化妝調整。 | 眉が薄いので、メークでごまかしてます。<br>mayu ga usuinode, me-ku de gomakashite masu |
| 因為眉毛很粗，所以修剪一下。 | 眉毛は太いので、ちょっとカットしてます。<br>mayuge wa hutoinode, chotto katto shite masu |
| 修整很麻煩。 | 手入れが大変です。<br>teire ga taihen desu |

| 眼梢往上吊的人傾向被想像成性格嚴苛的人。 | 目がつり上がってて、きつい性格だと思われがちです。<br>me ga tsuriagattete, kitsui seikaku dao omowaregachi desu |
|---|---|
| 這是外眼角下垂的眼。 | 垂れ目なんです。<br>tareme nan desu |
| 嘴唇比較厚。 | 唇 は厚いほうです。<br>kuchibiru wa atsui hou desu |
| 嘴唇因為鮮紅色所以很性感。 | 真っ赤な唇でセクシーです。<br>makka na kuchibiru de sekushi- desu |
| 分裂的下頜像外國人一樣。 | 外国人みたいに、あごが割れてます。<br>gaikokujim mitai ni, ago ga warete masu |
| 淺褐色的眼像西方人一樣。 | 西洋人みたいに、目は薄いブラウンです。<br>seiyoujim mitai ni, me wa usui buraun desu |
| 瞳孔的顏色不像日本人。 | 瞳の色が日本人っぽくないですね。<br>hitomi no iro ga nihonjimppokunai desu ne |
| 常常被誤會是外國人。 | よく外国人に間違われます。<br>yoku gaikokujin ni machigawaremasu |
| 太瘦了。 | 痩せすぎですね。<br>yasesugi desu ne |
| 很多人說我太瘦了，所以想長胖一點。 | よくガリガリだって言われるので、もうすこし太りたいです。<br>yoku garigari datte iwarerunode, mou sukoshi futoritai desu |

🎧 048.mp3

| 個子一般，不胖不瘦。 | 中肉中背です。<br>（ちゅうにくちゅうぜい）<br>chuunikuchuuzei desu |
| 體格不錯。 | 体格がいいですね。<br>（たいかく）<br>taikaku ga ii desune |
| 身材很好。 | とてもスタイルがいいですね。<br>totemo sutairu ga ii desune |
| 這是有魅力的身材。 | 魅力的なスタイルです。<br>（みりょくてき）<br>miryokutekina sutairu desu |
| 因為體格魁梧，被很多人誤會我是運動員。 | がたいが大きいので、よくスポーツ選手と間違えられます。<br>（おお）（せんしゅ）（まちが）<br>gatai ga ookiinode, yoku supo-tsusenshu to machigaeraremasu |
| 太胖了。 | 太りすぎです。<br>（ふと）<br>futorisugi desu |
| 太瘦了。 | 🈂 痩せすぎです。<br>（や）<br>yasesugi desu |
| 像相撲手一樣胖。 | 力士みたいに太っています。<br>（りきし）（ふと）<br>rikishimitaini futotte masu |
| 個子再高點便更好看。 | もうちょっと背が高ければ格好いいんですけど。<br>（せ）（たか）（かっこう）<br>mou chotto sega takakerenba kakkouiin desukedo |
| 頭髮的顏色是黑色。 | 髪の色は黒です。<br>（かみ）（いろ）（くろ）<br>kami no iro wa kuro desu |
| 因為漂染過，所以不黑。 | ブリーチしているので、黒くないです。<br>（くろ）<br>buri-chi shiteirunode, kurokunai desu |
| 現在是啡色的頭髮。 | 今は茶髪です。<br>（いま）（ちゃぱつ）<br>ima wa chapatsu desu |

🎧 049.mp3

| | |
|---|---|
| 這是長頭髮。 | ロン毛です。<br>ronge desu |
| 有一點白頭髮。 | 白髪まじりです。<br>shiraga majiri desu |
| 這就是所謂斑白的頭髮。 | いわゆる胡麻塩頭です。<br>iwayuru gomashio atama desu |
| 這是光頭。 | 坊主頭です。<br>bouzuatama desu |
| 頭髮變得有點稀薄。 | 髪が薄くなりました。<br>kami ga usuku narimasita |
| 已經開始變禿頭了。 | すっかり禿げ上がってしまいました。<br>sukkari hageagatte shimaimashita |
| 稍為漂染一下。 | ちょっと染めてます。<br>chotto somete imasu |
| 頭髮漆黑一片感覺很沉重，所以用染髮劑染色令髮型看起來開朗。 | 真っ黒でおもっ苦しいので、ヘアマニキュアで明るくしました。<br>makkurode omokkurushiinode, heamanikyua de akaruku shimashita |
| 這是捲髮。 | 癖っ毛です。<br>kusekke desu |
| 💬 這是自然捲髮。 | 🔵 てんパ（天然パーマ）です。<br>tempa (tenenpa-ma) desu |
| 這是直髮。 | ストレートヘアーです。<br>sutore-tohea- desu |
| 其實染過黑色。 | 実は、黒く染めているんです。<br>jitsu wa, kuroku somete irun desu |

🎧 050.mp3

| 把白髮染一下，果然變年輕了。 | 白髪染めをして、若づくりしています。<br>shiragazome o shite, wakadukuri shiteimasu |
| --- | --- |
| 其實是假髮。 | 実は、カツラなんですよ。<br>jitsu wa, katsuranan desu yo |
| 植毛了。 | 植毛しました。<br>shokumou shimashita |
| 頭髮比較硬。 | 髪は硬いほうです。<br>kami wa kataihou desu |
| 自己剪髮。 | 自分でカットしてます。<br>jibun de katto shite imasu |
| 留長頭髮。 | 髪を伸ばしています。<br>kami o nobashite imasu |
| 這是運動員一樣的光頭。 | スポーツ刈りです。<br>supo-tsugari desu |
| 把後面的頭髮割乾淨。 | 後ろを刈り上げています。<br>ushiro wo kariagete imasu |
| 很好看的髮型。 | 素敵なヘアスタイルですね。<br>suteki na heasutairu desune |
| 像木村拓哉一樣的髮型。 | キムタクみたいな髪型ですね。<br>kimutaku mitaina kamigata desune |
| 去過髮型屋舒暢多了。 | 床屋に行って、すっきりしましたね。<br>tokoya ni itte, sukkiri shimashita ne |
| 頭髮短了很多。 | だいぶ髪が短くなりなりましたね。<br>daibu kami ga mijikaku narimashita ne |

🎧 051.mp3

| 以前是長頭髮。 | 前は長髪でした。<br>mae wa chouhatsu deshita |
|---|---|
| 這是現在流行的長頭髮。 | 今流行のロングヘアーです。<br>ia ryuukou no ronguhea- desu |
| 好幾次脫了色，所以髮質變壞了。 | 何度も脱色したので、髪が痛んでいます。<br>nando mo dasshoku shitanode, kami ga itande imasu |
| 每個月去一次美容院。 | 毎月一回、美容院に行ってます。<br>maitsuki ikkai, biyouin ni itte imasu |
| 有時候去理髮。 | 時々、床屋に行きます。<br>tokidoki, tokoya ni ikimasu |
| 最近，比起髮型屋還是美容院去的比較多。 | 最近は、床屋より美容院に行くことが多いです。<br>saikin wa, tokoya yori biyouin ni iku koto ga ooi desu |
| 自己染頭髮。 | 自分で染めました。<br>jibun de somemashita |
| 自己買燙髮劑燙髮。 | 自分でパーマ剤を買ってストレートにしました。<br>jibun de pa-mazai o katte sutore-to ni shimasita |
| 燙了髮。 | パーマをかけました。<br>pa-ma o kakemashita |
| 這是燙髮。 | ウェーブヘアです。<br>we-bu hea desu |
| 硬硬的頭髮立起來。 | ツンツン立たせています。<br>tsuntsun tatasete imasu |
| 💬 按七三分開的髮型。 | 七三です。<br>shichisan desu |

🎧 052.mp3

| | |
|---|---|
| 💬 因為好像大叔，所以放棄按七三分開的髮型了。 | オジサンっぽいので、七三をやめました。<br>ojisamppoinode, shichisan o yamemashita |
| 這是讓人覺得野性的髮型。 | 少しワイルドな感じのヘアスタイルです。<br>sukosi wairudo na kanji no heasutairu desu |
| 頭髮開叉很令人困擾。 | 枝毛が多くて困っています。<br>edage ga ookute komatte imasu |
| 髮根長出了黑色的部分，所以要再染色。 | 生え際が黒いので、染め直そうと思います。<br>haegiwa ga kuroinode, somenaosou to omoimasu |
| 白頭髮多了。 | 白髪が増えました。<br>shiraga ga fuemashita |
| 頭髮掉多了，有點擔心。 | 抜け毛が多いので心配です。<br>nukege ga ooinode shimpai desu |
| 把劉海剪齊。 | 前髪をそろえています。<br>maegami o soroete imasu |
| 夏天比較會流汗，所以後面紮辮。 | 夏は汗をかくので、後ろで結んでいます。<br>natsu waase o kakunode, ushiro de musunde imasu |
| 皮膚比較白。 | 皮膚は白いほうです。<br>hihu wa shiroihou desu |
| 曬黑了。 | 色黒です。<br>iroguro desu |
| 曬得很黑。 | 日焼けして真っ黒です。<br>hiyakeshite makkuro desu |

🎧 053.mp3

| | |
|---|---|
| 把妝化得像涉谷不良少女般的黑色。 | ガングロにしています。<br>ganguro ni shite imasu |
| 長得跟爸爸一樣。 | よく父にそっくりだといわれます。<br>yoku chichi nisokkuri dato iwaremasu |
| 被前輩稱讚我可愛。 | 先輩には可愛いといわれてます。<br>senpai niwa kawaii to iwarete masu |
| 這是圓臉。 | 丸顔ですね。<br>marugao desu ne |
| 鼻子長得比較低。 | 鼻は低いほうです。<br>hana wa hikuihou desu |
| 臉的輪廓很深。 | ほりが深いですね。<br>hori ga hukai desu ne |
| 臉的輪廓很淺。 | 反 ほりが浅いですね。<br>hori ga asai desu ne |
| 這是雙眼皮。 | 二重まぶたです。<br>futaemabuta desu |
| 這是單眼皮。 | 類 一重まぶたです。<br>hitoemabuta desu |
| 大家說這雙眼皮好像做手術做出來的。 | 整形したような二重だってよくいわれます。<br>seikei shitayouna futae datte yoku iwaremasu |
| 龍年出生。 | 辰年生まれです。<br>tatsudoshiumare desu |
| 是 1981 年出生的。 | １９８１年生まれです。<br>senkyuuhyakuhachi juichinen umare desu |
| 平成 10 年出生的。 | 平成１０年生まれです。<br>heisei jyuunen umare desu |

📖 「平成」是日本皇室年號。平成元年始於公元1989年，「平成10年」即公元1998年。

## 2.3 性格

🎧 054.mp3

| | |
|---|---|
| 我的性格比較悠閒自在。 | 私はのんびりした性格です。<br>watashi wa nombiri shita seikaku desu |
| 他是個容易生氣的人。 | 彼は気が短いほうです。<br>kare wa ki ga mijikai hou desu |
| 比較大方。 | 反 気が長いほうです。<br>ki ga nagai hou desu |
| 有時候會很容易生氣。 | 短気なところがあります。<br>tanki na tokoro ga arimasu |
| 樂觀明朗的性格。 | 明るい性格です。<br>akarui seikaku desu |
| 積極向前的性格。 | 前向きなほうです。<br>maemuki na hou desu |
| 比較樂觀。 | 楽観的です。<br>rakkanteki desu |
| 比較悲觀。 | 反 悲観的です。<br>hikanteki desu |
| 大家說我是個開朗的人。 | よく明るい性格だといわれます。<br>yoku akarui seikaku dato iwaremasu |
| 不論發生什麼事情也積極面對的人。 | どんなことにも積極的に取り組むほうです。<br>donna koto nimo sekkyokuteki ni torikumu hou desu |
| 他是個宅男。 | 彼はオタクです。<br>kare wa otaku desu |
| 是個家裏蹲。 | 引きこもりでした。<br>hikikomori deshita |

🎧 055.mp3

| | |
|---|---|
| 看起來灰暗，實際上很開朗。 | 暗い性格に思われがちですが、結構明るいほうですよ。<br>kurai seikaku ni omowaregachi desuga, kekkou akaruihou desuyo |
| 發生不好的事情也不可以逃避。 | 嫌なことがあっても、あまり引きずりません。<br>iya nakoto ga attemo amari hikizurimasen |
| 是個大家公認開朗的人。 | 楽しい人だって、よくいわれます。<br>tanoshiihitodatte, yoku iwaremasu |
| 並不是性格灰暗。 | 決して根暗じゃあないですよ。<br>kesshite nekurajaa nai desuyo |
| 好奇心旺盛。 | 好奇心旺盛です。<br>koukishin'ousei desu |
| 稍為性急這一點是小小瑕疵。 | ちょっと、せっかちなところが玉に瑕です。<br>chotto sekkachi natokoro ga tama ni kizu desu |
| 非常有幽默感。 | ユーモア感覚抜群です。<br>yu-moakankaku batsugun desu |
| 是個努力工作的人。 | 仕事熱心な人です。<br>shigotonesshin na hito desu |
| 對學習感興趣。 | 勉強熱心です。<br>benkyounesshin desu |
| 是死背書的類型。 | 類 ガリ勉タイプです。<br>garibentaipu desu |
| 有點花心。 | ちょっと女ったらしです。<br>chotto onnattarashi desu |

🎧 056.mp3

| | |
|---|---|
| 他很花心，要小心哦。 | 女性に手が早いので、気をつけてください。<br>josei ni te ga hayainode, ki o tsukete kudasai |
| 他很受女性歡迎 | 彼は女性にもてます。<br>kare wa josei ni motemasu |
| 他是個美男子，而且對誰都很溫柔，很受女性歡迎。 | 甘いマスクで、誰に対しても優しいので女性に大人気です。<br>amaimasuku de, dare ni taishite mo yasashii node josei ni daininki desu |
| 是個俊男。 | イケメンです。<br>ikemen desu |

# 2.4 喜好

🎧 057.mp3

| | |
|---|---|
| 你的興趣是什麼？ | あなたの趣味は何ですか。<br>**anata no shumi wa nan desuka** |
| 並沒有什麼愛好。 | 💬 特に趣味はありません。<br>toku ni shumi wa arimasen |
| 我的興趣是運動。 | 💬 私の趣味はスポーツです。<br>watashi no shumi wa supo-tsu desu |
| 我的興趣是旅遊。 | 💬 私の趣味は、旅行をすることです。<br>watashi no shumi wa, ryokou o surukoto desu |
| 我的興趣是看電影。 | 💬 私の趣味は映画鑑賞です。<br>watashi no shumi wa eigakanshou desu |

| | |
|---|---|
| 你對什麼感興趣？ | どんなことに興味がありますか。<br>**donnakoto ni kyoumi ga arimasuka** |

| | |
|---|---|
| 什麼事情都有興趣。 | 何にでも興味があります。<br>**nani ni demo kyoumi ga arimsu** |
| 對什麼都有興趣。 | 類 どんなことにも興味があります。<br>donna koto nimo kyoumi ga arimasu |
| | 📖 「こと」是「事情」的意思。具體一點的解釋是「對什麼事情都有興趣」。相同的說法有：「どんなものにも興味があります／donna mono nimo kyoumi ga arimasu」（對什麼東西都有興趣）、「どんな外国語にも興味があります／donnna gaikokugo nimo kyoumi ga arimasu」（對什麼外語都有興趣）。 |

| | |
|---|---|
| 週末怎麼過？ | 週末は、どうやって過ごしてますか。<br>**shuumatsu wa, douyatte sugoshite masuka** |
| 週末一直在家上網，完全不外出。 | 💬 週末はずっとネットばかりしてて、部屋に閉じこもってますね。<br>shuumatsu wa zutto netto bakari shitete, heya ni tojikomotte masu ne |

🎧 058.mp3

| | |
|---|---|
| 有空時，會幹什麼？ | 時間があるときは、何をしてますか。<br>jikan ga arutoki wa, nani o shite masuka |
| 有時間，就去開車。 | 💬 暇があれば、ドライブに行きます。<br>hima ga areba, doraibu ni ikimasu |
| 為了減肥會去拳擊練習場。 | 💬 ダイエットのために、スポーツジムに通っています。<br>daietto no tame ni, supo-tsujimu ni kayotte imasu |
| 大家都說有音樂方面的才能。 | 音楽の才能があるといわれます。<br>ongaku no sainou ga aru to iwaremasu |
| 特別喜歡拉丁類型的音樂。 | 特にラテン系の音楽が好きです。<br>toku ni ratenkei no ongaku ga suki desu |
| 在學芭蕾舞。 | バレエを習ってます。<br>baree o narrate imasu |
| 我是個運動員。 | 私はスポーツ選手です。<br>watashi wa supo-tsusenshu desu |
| 喜歡什麼樣的運動？ | どんなスポーツが好きですか。<br>donna supo-tsu ga suki desuka |
| 學生時代在空手道部活動過。 | 学生時代は空手部に入ってました。<br>gakuseijidai wa karatebu ni haitte mashita |
| 非常喜歡運動。 | 体を動かすのが大好きです。<br>karada o ugokasu noga daisuki desu |
| 非常喜歡音樂。 | 音楽が大好きです。<br>ongaku ga daisuki desu |

| | |
|---|---|
| 從小時候開始就學鋼琴。 | 子供の頃からピアノを習ってます。<br>kodomo no koro kara piano o narrate masu |
| 興趣是彈結他。 | 趣味でギターを弾きます。<br>shumi de gita- o hikimasu |
| 喜歡唱卡拉OK，每星期都去。 | カラオケが大好きで、毎週行ってます。<br>karaoke ga daisuki de, maishuu itte masu |
| 一般在家的時候會做什麼？ | いつも家では、どんなことをしてますか。<br>itsumo ie dewa, donnakoto o shite imasuka |
| 平時會做什麼？ | 普段は、どんなことしていますか。<br>hudan wa, donna koto o shite imasuka |
| 最近會到瑜伽教室。 | 最近は、ヨガ教室に通っています。<br>saikin wa, yogakyoushitsu ni kayotte imasu |
| 我喜歡學外語。 | 外国語を習うのが好きです。<br>gaikokugo o narau noga suki desu |
| 我會日語，韓語，普通話，廣東話和英語。 | 私は、日本語・韓国語・北京語・広東語・英語が出来ます。<br>watashi wa, nihongo/ kankokugo/ pekingo/ kantongo/eigo ga dekimasu |
| 我想學跆拳道。 | テコンドーを習おうと思ってます。<br>tekondo- o naraou to omotte masu |

59

🎧 060.mp3

| | |
|---|---|
| 從以前起就學柔道，可是並不擅長。 | 昔から柔道を習ってますが、あまり得意ではありません。<br>mukashi kara juudou o narattemasuga, amari tokui dewa arimasen |
| 喜歡花樣滑冰，如果有天能參加奧運會就好了。 | フィギィアスケートが大好きです。いつかオリンピックに出場したいです。<br>figiasuke-to ga daisuki desu. itsuka orimpikku ni shutsujoushitai desu |
| 對跑步滿有自信。 | 走るのには自信があります。<br>hashiru no niwa jishin ga arimasu |
| 比賽得過金牌。 | 大会で優勝したことがあります。<br>taikai de yuushou shitakoto ga arimasu |
| 撐杆跳是全班最擅長的。 | 棒高跳びではクラスで一番でした。<br>boutakatobi dewa kurasu de ichiban deshita |
| 我以前是游泳運動員。 | 以前は、水泳選手でした。<br>izen wa, suieisenshu deshita |
| 很喜歡游泳。 | 泳ぐのが大好きです。<br>oyogu noga daisuki desu |
| 我是個足球迷。 | 私はサッカーマニアです。<br>watashi wa sakka-mania desu |
| 從以前開始就喜歡棒球，特別喜歡巨人隊。 | 昔から野球ファンで、特にジャイアンツが好きです。<br>mukashi kara yakyuufan de, toku ni jaiantsu ga suki desu |
| 喜歡看球賽。 | スポーツ観戦が趣味です。<br>supo-tukansen ga shumi desu |

| 興趣是攝影。 | 写真撮影が趣味です。<br>shashinsatsuei ga shumi desu |
| 經常去外地拍攝漂亮的景色。 | よく地方へ行って、きれいな景色をカメラに収めてます。<br>yoku chihou e itte, kireina keshiki o kamera ni osamete masu |
| 喜歡詠詩和俳句。 | 詩や俳句を読むのが好きです。<br>shi ya haiku o yomu noga suki desu |
| 有時候做書法。 | 時々、書道をします。<br>tokidoki, shodou o shimasu |
| 興趣是書法。 | 趣味で書道をやってます。<br>shumi de shodou o yatte masu |
| 是個藝術家啊。 | 芸術家ですね。<br>geijutsuka desu ne |
| 經常去美術館。 | よく美術館へ行きます。<br>yoku bijutsukan e ikimasu |
| 常常在電車看小說。 | 電車の中で、よく小説を読みます。<br>densha no naka de, yoku shuousetsu o yomimasu |
| 你喜歡什麼樣的書？ | どんな本が好きですか。<br>donna hon ga suki desuka |
| 最愛看偵探小說。 | 推理小説がいちばんです。<br>suirishousetsu ga ichiban suki desu |
| 漫畫怎麼樣？ | 漫画はどうですか。<br>manga wa dou desuka |
| 經常買雜誌看。 | よく雑誌を買って読みますよ。<br>yoku zasshi o katte yomimasu yo |

🎧 062.mp3

| | |
|---|---|
| 興趣是收集外國的郵票和錢。 | 趣味<ruby>で<rt></rt></ruby>、外国<ruby>しゅみ<rt></rt></ruby>のお金<ruby>かね<rt></rt></ruby>や切手<ruby>きって<rt></rt></ruby>を収集<ruby>しゅうしゅう<rt></rt></ruby>してます。<br><br>shumi de, gaikoku no okane ya kitteo shuushuu shite masu |
| 喜歡騎自行車。 | サイクリングが大好<ruby>だいす<rt></rt></ruby>きです。<br>saikuringu ga daisuki desu |
| 喜歡開電單車。 | ツーリングが好<ruby>す<rt></rt></ruby>きです。<br>tsu-ringu ga suki desu |
| 我喜歡開車，所以成為了司機。 | 運転<ruby>うんてん<rt></rt></ruby>するのが好<ruby>す<rt></rt></ruby>きなので、運転手<ruby>うんてんしゅ<rt></rt></ruby>やってます。<br><br>unten suru noga sukinanode, untenshu yatte masu |
| 感受到冬日運動的魅力。 | ウインタースポーツに魅力<ruby>みりょく<rt></rt></ruby>を感<ruby>かん<rt></rt></ruby>じます。<br>uinta-supo-tsu ni miryoku o kanjimasu |
| 最近迷上水上運動，這樣看來去衝浪都不錯。 | 最近<ruby>さいきん<rt></rt></ruby>はマリンスポーツに夢中<ruby>むちゅう<rt></rt></ruby>です。こう見<ruby>み<rt></rt></ruby>えてもサーファーなんですよ。<br><br>saikin wa marinsupo-tsu ni muchuudesu. kou mietemo sa-fa-nan desu yo |
| 非常喜歡做菜，有時間就研究新料理的做法。 | 料理<ruby>りょうり<rt></rt></ruby>を作<ruby>つく<rt></rt></ruby>るのが大好<ruby>だいす<rt></rt></ruby>きです。暇<ruby>ひま<rt></rt></ruby>さえあれば、新<ruby>あたら<rt></rt></ruby>しい料理<ruby>りょうり<rt></rt></ruby>ばかり研究<ruby>けんきゅう<rt></rt></ruby>してます。<br><br>ryouri o tsukuruno ga daisuki desu. himasaeareba, atarashii ryouri bakari kenkyuu shite masu |
| 喜歡插花。 | 生<ruby>い<rt></rt></ruby>け花<ruby>ばな<rt></rt></ruby>が大好<ruby>だいす<rt></rt></ruby>きです。<br>ikebana ga daisuki desu |

| | |
|---|---|
| 我非常喜歡日本的電視劇和動畫。 | 私は、日本のドラマやアニメが大好きです。<br>watashi wa, nihon no dorama ya anime ga daisuki desu |
| 我不吸煙。 | 私は、タバコを吸いません。<br>watashi wa, tabako o suimasen |
| 我不擅於喝酒。 | 私は、お酒が苦手です。<br>watashi wa, osake ga niga tedesu |
| 我很擅長游泳。 | 私は、水泳が得意です。<br>watashi wa, suiei ga tokui desu |
| 我比較擅長滑雪。 | 私は、スキーが得意なほうです。<br>watashi wa, suki- ga tokuinahou desu |
| 💬 雖然喜歡雙板滑雪，最近也迷上單板滑雪。 | スキーも好きですが、最近はスノボにハマってます。<br>suki- mo suki desuga, saikin wa sunobo ni hamatte masu |
| 雖然喜歡數學，英文並不擅長。 | 数学は好きですが、英語は苦手です。<br>suugaku wa suki desuga, eigo wa nigate desu |
| 有時候喝一點酒。 | お酒は、時々飲む程度です。<br>osake, wa tokidki nomu teido desu |
| 父親是抽煙抽得很兇。 | 父は、ヘビースモーカーです。<br>chichi wa, hebi-sumo-ka- desu |

🎧 064.mp3

| | |
|---|---|
| 其實現在在戒煙。 | 実は今、禁煙中です。<br>jitsu wa ima, kin'enchuu desu |
| 煙兩年前已經戒了。 | タバコは２年前にやめました。<br>tabako wa ninenmae ni yamemashita |
| 我喝酒，可是不吸煙。 | お酒は飲みますが、タバコは吸いません。<br>osake wa nomimasu ga, tabako wa suimasen |
| 為了健康，早已戒煙。 | 健康のため、タバコはやめました。<br>kenkou no tame, tabako wa yamemashita |
| 我喜歡喝酒，可是醫生說別喝，所以現在不喝酒。 | お酒は好きですが、ドクターストップがかかってるので、今は飲めません。<br>osake ha suki desuga, dokuta-sutoppu ga kakatteru node, ima wa nomemasen |
| 我非常喜歡吃甜的。 | 私は、甘党です。<br>watashi wa, amatou desu |
| 不喜歡吃甜的。 | 甘いものは苦手です。<br>amaimono wa negate desu |
| 雖然喜歡中國菜，可是不喜歡辣的。 | 中国料理は好きですが、辛いものは苦手です。<br>chuugokuryouri wa suki desuga, karaimono wa negate desu |

## 2.5 職業

🎧 065.mp3

| | | |
|---|---|---|
| 我在銀行上班。 | 銀行<ruby>銀<rt>ぎんこう</rt></ruby>に勤<ruby><rt>つと</rt></ruby>めています。<br>ginkou ni tsutomete imasu | |

💬 我兼職做侍應生。　バイトでウェイトレスをしています。
baito de weitoresu o shite imasu

在超市兼職。　スーパーでパートしてます。
su-pa- de pa-to shite masu

在做家務助理。　家事手伝いをしています。
kajitetsudai o shite imasu

我在關於時裝的公司工作。　ファッション関係の会社に勤務しています。
fasshonkankei no kaisha ni kimmu shiteimasu

一邊上班，一邊讀研究生。　会社に通いながら大学院生をしています。
kaisha ni kayoinagara daigakuinsei o shite imasu

上年三月畢業於專門學校。　去年の３月に、専門学校を卒業しました。
kyonen no sangatsu ni, semmongakkou o sotsugyou shimashita

按計劃明年畢業。　来年卒業予定です。
rainen sotsugyou yotei desu

我打算當警察。　警察官になるつもりです。
keisatsukan ni naru tsumori desu

我打算當警察。　⑩ 警察官になろうと思います。
keisatsukan ni narou to omoimasu

🎧 066.mp3

| | |
|---|---|
| 在東京上大學。 | 東京で大学に通っています。<br>toukyou de daigaku ni kayotte imasu |
| 我的專業是情報處理。 | 私の専門は情報処理です。<br>watashi no semmon wa jouhoushori desu |
| 我現在在市政局工作。 | 私は今、区役所で働いています。<br>watashi wa ima, kuyakusho de hataraite imasu |
| 我是個作家。 | 作家をしています。<br>sakka o shiteimasu |
| 是個自由記者。 | フリーライターです。<br>furi-raita- desu |
| 是個商業上不成功的作家。 | 売れない作家です。<br>urenai sakka desu |
| 我在中小規模的公司工作。 | 中小企業で働いています。<br>chuushoukigyou de hataraite imasu |
| 是個工程師。 | エンジニアです。<br>enjinia desu |
| 是所全國知名的企業。 | 全国に名の知れた企業です。<br>zenkoku ni na no shireta kigyou desu |
| 我在經營一所小公司。 | 小さな会社を経営してます。<br>chiisanakaisha o keieishite imasu |
| 馬上就要退休了。 | そろそろ定年退職です。<br>sorosoro teinentaishoku desu |
| 似乎要靠年金生活。 | 年金暮らしです。<br>nenkingurashi desu |

∩ 067.mp3

| | |
|---|---|
| 是個公務員。 | 公務員です。<br>koumuin desu |
| 我做派遣工作。 | 派遣の仕事をしています。<br>haken no shigoto o shitei masu |
| 我現在沒有工作。 | 今は無職です。<br>ima wa mushoku desu |
| 一直從事與貿易有關的工作。 | ずっと貿易関係の仕事をしています。<br>zutto bouekikankei no shigoto o shite imasu |
| 我在停職。 | 休職中です。<br>kyuushokuchuu desu |
| 因為最近經濟不景氣，很麻煩。 | 最近は不景気なので大変です。<br>saikin wa fukeiki nanode taihen desu |
| 經常去職業介紹所。 | 職安に通ってます。<br>shokuan ni kayotte masu |
| 現在正在做關於運動的工作。 | 今は、スポーツ関係の仕事をしています。<br>ima wa, supo-tukankei no shigoto o shite imasu |
| 是個自僱人士。 | 自営業です。<br>jieigyou desu |
| 我當保安員。 | 警備員をしています。<br>keibiin o shite imasu |
| 我現在在電腦公司上班。 | 私は今、コンピューター会社に勤めています。<br>watashi wa ima, konpyu-ta-gaisha ni tsutomete imasu |

068.mp3

| | |
|---|---|
| 在和看護業務有關的辦公室上班。 | 介護関係の事務所で働いています。<br>kaigokankei no jimusho de hataraite imasu |
| 目標是當一個漫畫家。 | 漫画家を目指しています。<br>mangaka o mezashite imasu |
| 是個有潛質的演員。 | 俳優の卵です。<br>haiyuu no tamago desu |
| 在報社做記者。 | 新聞社で記者として勤めています。<br>shimbunsha de kasha to shite tsutomete imasu |
| 在做福利相關的工作。 | 福祉の仕事をしています。<br>fukushi no shigoto o shite imasu |
| 為了找工作，打算拿取資格證。 | 就職のために、資格を取ろうと思います。<br>shuushoku no tame ni, shikaku o torou to omoimasu |
| 我在外資企業上班。 | 外資系の企業に勤めています。<br>gaishikei no kigyou ni tsutomete imasu |
| 工作過的公司倒閉了。 | 勤めていた会社が倒産してしまいました。<br>tsutometeita kaisha ga tousanshite shimaimashita |
| 我要負責銷售，壓力很大。 | 営業やってますが、ストレスがたまります。<br>eigyouyattemasuga, sutoresu ga tamarimasu |

## 2.6 婚姻

🎧 069.mp3

| | |
|---|---|
| 我目前獨身。 | 僕は、まだ独身です。<br>boku wa, mada dokushin desu |
| 是個獨身人士。 | 同 一人者です。<br>hitorimono desu |
| 💬 因為不容易找到合適的對象。 | なかなか相応しい相手が見つからなくて。<br>nakanaka fusawashii aite ga mitsukaranakute |
| 👥 獨身不錯啊，因為很輕鬆。 | 独身は気楽でいいね。<br>dokushin wa kiraku de ii ne |
| 是個獨身貴族。 | 独身貴族です。<br>dokushinkizoku desu |
| 是個獨身主義者。 | 類 独身主義です。<br>dokushinshugi desu<br>📖 可以說「独身主義者です／<br>dokushinshugisha desu」。 |
| 是戀愛結婚，還是相親結婚？ | 恋愛結婚ですか、それともお見合い結婚ですか。<br>ren'ankekkon desuka, soretomo omiaikekkon desuka |
| 一結婚孩子就跟着出世了。 | 結婚してすぐに子供が生まれました。<br>kekkonshite sugu ni kodomo ga umaremashita |
| 沒有女朋友。 | 彼女がいません。<br>kanojo ga imasen。 |
| 想要男朋友。 | そろそろ彼氏が欲しいです。<br>sorosoro kareshi ga hoshii desu |

🎧 070.mp3

| | |
|---|---|
| 如果有不錯的人請介紹給我認識吧。 | いい人がいたら紹介してください。<br>iihito ga itara shoukaishite kudasai |
| 父母催促着早點結婚。 | 親からは早く結婚しろと急かされています。<br>oya kara wa hayakukekkonshiro to sekasarete imasu |
| 我們快要結婚了。 | 私たち、もうすぐ結婚するんです。<br>watashitachi, mousugu kekkon surun desu |
| 三年前結婚了。 | 3年前に結婚しました。<br>sanenmae ni kekkon shimashita |
| 這是第二次結婚。 | 結婚は2回目です。<br>kekkon wa nikaime desu |
| 離婚了。 | 離婚しました。<br>rikon shimashita |
| 不能忍受夫妻吵架。 | 夫婦喧嘩が耐えません。<br>fuuhugenka ga taemasen |
| 是個怕老婆的人。 | 恐妻家です。<br>kyousaika desu |
| 妻子是泰國人。 | 妻はタイ人です。<br>tsuma wa taijin desu |
| 一家之主真令人羨慕啊。 | 亭主関白で羨ましいです。<br>teishukanpaku de urayamashii desu |
| 跟外國人結婚了。 | 国際結婚しました。<br>kokusaikekkon shimashita |

| | |
|---|---|
| 也許是為了簽證而結婚吧。 | もしかして、ビザの為に結婚したんじゃないですか。<br>moshikashite, biza no tame ni kekkon shitanjanai desuka |
| 那不是結婚詐騙嗎？ | それって結婚詐欺じゃないですか。<br>sorette kokkonsagi janai desuka |
| 好像在亂搞男女關係。 | 浮気をしているようです。<br>uwaki o shiteiruyou desu |
| 很擔心有第三者。 | 愛人がいるのではと心配です。<br>aijin ga irunodewa to shimpai desu |
| 大家經常稱讚我們是合襯的夫妻。 | よくお似合いの夫婦だといわれます。<br>yoku oniai no fuuhu dato iawaremasu |
| 難道這就不是不倫嗎？ | もしかしたら不倫しているんじゃないですか。<br>moshikashitara furin shiteirunjanai desuka |
| 有一個家庭是很好的。 | 家庭を持つというのはよいものです。<br>katei o motsu to iuno wa yoimono desu |
| 跟老公通過相親認識的。 | 夫とはお見合いで知り合いました。<br>otto towa omiai de shiriaimashita |
| 因為懷孕所以結婚。 | デキちゃった婚でした。<br>dekichattakon deshita |

🎧 072.mp3

| | |
|---|---|
| 同性結婚在日本很困難，所以要在外國結。 | 日本では難しいので、外国で同性結婚するつもりです。<br>nihon dewa muzukashiinode, gaikoku de douseikekkon surutsumori desu |
| 非常深愛着老婆。 | 私は妻を深く愛しています。<br>watashi wa tsuma o fukaku aishite imasu |
| 老婆是高中時代的同學。 | 妻は高校時代のクラスメートです。<br>tsuma wa koukoujidai no kurasume-to desu |
| 在找戀愛對象。 | 恋人募集中です。<br>koibito boshuuchuu desu |
| 現在自己一個人住。 | 今、一人暮らしです。<br>ima, hitorigurashi desu |
| 還沒有結婚。 | まだ結婚していません。<br>mada kekkon shite imasen |
| 跟老婆陰陽相隔。 | 妻とは死別しました。<br>tsuma towa shibetsu shimashita |
| 其實離過婚。 | 実はバツイチです。<br>jitsu wa batsuichi desu |
| 有離過婚。 | 離婚歴があります。<br>rikonreki ga arimasu |
| 我結婚了。 | 私は結婚しています。<br>watashi wa kakkonshite imasu |

# 2.7 家庭

| | |
|---|---|
| 我家有四個人。 | 私のうちは、4人家族です。<br>watashi no uchi wa, yoninkazoku desu |
| 有一個弟弟。 | 弟が一人います。<br>otouto ga hitori imasu |
| 有哥哥和姐姐。 | 兄と妹がいます。<br>ani to imouto ga imasu |
| 有一個姐姐，有兩個弟弟。 | 姉が一人と弟が2人います。<br>ane ga hitori to otouto ga futari imasu |
| 有養狗。 | 犬を飼っています。<br>inu o katteimasu |
| 養着兩隻貓。 | 猫を2匹飼っています。<br>neko o nihiki katteimasu |
| 跟妻子兩人一同生活。 | 妻と2人暮らしです。<br>tsuma to futarigurashi desu |
| 在家裏有父母和愛人。 | 家には両親と家内がいます。<br>ie niwa ryoushin to kanai ga imasu |
| 上個月，剛生了孩子。 | 先月、子供が生まれたばかりです。<br>sengetsu, kodomo ga umaretabakari desu |
| 只有妻子，沒有孩子。 | カミさんと私だけで、子供はいません。<br>kamisan to watashidake de, kodomo wa imasen |
| 妻子正在懷孕。 | 妻は妊娠中です。<br>tsuma wa ninshinchuu desu |
| 父親是上班族。 | 父は会社員です。<br>chichi wa kaishain desu |

🎧 074.mp3

| 父親以前當過教授。 | 父は大学教授でした。<br>chichi wa daigakukyouju deshita |
| 母親是個教師。 | 母は教師をしています。<br>haha wa kyoushi o shite imasu |
| 弟弟是自由兼職工作者。 | 弟はフリーターです。<br>otouto wa furi-ta- desu |
| 好久沒見過家人。 | しばらく家族とは会っていません。<br>shibaraku kazoku towa ate imasen |
| 因為家很遠，所以聚集全家人很困難。 | 家が遠いので、家族が集まるのは難しいです。<br>ie ga tooinode, kazoku ga atsumaru nowa muzukashii desu |
| 父親是單身赴任在外地生活。 | 父は、単身赴任で地方で暮らしています。<br>chichi wa, tanshinfunin de chihou de kurashite imasu |
| 跟媽媽經常用電腦聊天。 | 母とは、よくチャットで連絡とってます。<br>haha towa, yoku chatto de renrakutotte masu |
| 是個獨生子。 | 一人っ子です。<br>hitorikko desu |
| 有個哥哥很令人羨慕呢。 | お兄さんがいるなんて羨ましいです。<br>oniisan ga irunante urayamashii desu |
| 兄弟間經常吵架。 | 兄弟喧嘩ばかりしています。<br>kyoudaigenka bakari shite imasu |

🎧 075.mp3

| | |
|---|---|
| 三兄弟清一色男性。 | 男ばかりの３人兄弟です。<br>otoko bakari no sannin kyoudai desu |
| 我一直想要個姐姐。 | 姉が欲しかったです。<br>ane ga hoshikatta desu |
| 每年一次全家去溫泉旅行。 | 毎年一回、家族全員で温泉旅行に行きます。<br>maitoshi ikkai, kazokuzenin de onsenryokou i ikimasu |
| 是個很熱鬧的家庭。 | にぎやかな家族です。<br>nigiyaka na kazoku desu |

# 2.8 家鄉和地址

🎧 076.mp3

| | |
|---|---|
| 從東京來的。 | 東京から来ました。<br>toukyou kara kimashita |
| 住在東京旁邊的川崎市。 | 東京の隣の川崎に住んでいます。<br>toukyou no tonari no kawasaki ni sunde imasu |
| 住在東京區涉谷區。 | 住所は、東京都渋谷区です。<br>juush wa, toukyouto shibuyaku desu |
| 這附近很安靜。 | このあたりは、とても静かです。<br>konoatari wa, totemo shizuka desu |
| 家在鐵路沿線，有電車經過地面會搖晃。 | 線路沿いなので、電車が通り過ぎる度に地面が揺れます。<br>senrozoinanode, densha ga toorisugirutabi ni jimen ga yuremasu |
| 住在車站旁邊。 | 駅前に住んでいます。<br>ekimae ni sunde imasu |
| 雖然離電車站很遠，但可以乘巴士。 | 駅から遠いので、いつもバスを利用してます。<br>eki kara tooinode, itsumo basu o riyou shite masu |
| 老家在北海道。 | 実家は北海道です。<br>jikka wa hokkaidou desu |
| 好久沒回鄉下了。 | しばらく田舎には帰っていません。<br>shibaraku inaka niwa kaette imasen |
| 離家已經二十年了。 | 家を出てから、もう 20 年になります。<br>ie o detekara, mou nijuunen ni narimasu |

| | |
|---|---|
| 在大阪出生的。 | 大阪<ruby>生<rt>おおさか う</rt></ruby>まれです。<br>oosaka umare desu |
| 我在上海出生的。 | 類 <ruby>私<rt>わたし</rt></ruby>は、<ruby>上海<rt>シャンハイ</rt></ruby>の<ruby>生<rt>う</rt></ruby>まれです。<br>watashi wa, shanhai no umare desu<br>📖 「地名」和「生まれ」之間可以用「の」。 |
| 我的出身地是九龍。 | 類 <ruby>私<rt>わたし</rt></ruby>の<ruby>出身地<rt>しゅっしんち</rt></ruby>は、<ruby>九龍<rt>クーロン</rt></ruby>です。<br>watashi no shusshinchi wa, ku-ron desu<br>📖 因英文的譯音，有些人會讀成「カウローン／kauro-n（九龍）」。 |
| 在横濱長大的。 | 類 <ruby>横浜<rt>よこはま</rt></ruby>で<ruby>育<rt>そだ</rt></ruby>ちました。<br>yokohama de sodachimashita<br>📖 在某地長大的句式是：「（地名）で<ruby>育<rt>そだ</rt></ruby>ちました」，如：「<ruby>海外<rt>かいがい</rt></ruby>で<ruby>育<rt>そだ</rt></ruby>ちました／kaigai de sodachimashita」（在海外長大的）。 |
| 思鄉病發作。 | ホームシックになってます。<br>ho-mushikku ni natte masu |
| 懷念舊時居住的地方。 | ふるさとが<ruby>恋<rt>こい</rt></ruby>しいです。<br>furusato ga koushii desu |
| 每年新年都會回鄉。 | <ruby>毎年<rt>まいとし</rt></ruby>、<ruby>正月<rt>しょうがつ</rt></ruby>には<ruby>里帰<rt>さとがえ</rt></ruby>りします。<br>maitoshi, shougatsu niwa satogaeri shimasu |
| 老家在海邊。 | <ruby>実家<rt>じっか</rt></ruby>は<ruby>海辺<rt>うみべ</rt></ruby>です。<br>jikka wa umibe desu |
| 家人住深山裏。 | <ruby>家族<rt>かぞく</rt></ruby>は<ruby>山奥<rt>やまおく</rt></ruby>に<ruby>住<rt>す</rt></ruby>んでいます。<br>kazoku wa yamaoku ni sunde imasu |
| 有以溫泉聞名的地方出身。 | <ruby>出身<rt>しゅっしん</rt></ruby>は<ruby>温泉<rt>おんせん</rt></ruby>で<ruby>有名<rt>ゆうめい</rt></ruby>な<ruby>村<rt>むら</rt></ruby>です。<br>shusshin wa onsen de yuumeina mura desu |
| 在東京土生土長。 | <ruby>生<rt>う</rt></ruby>まれも<ruby>育<rt>そだ</rt></ruby>ちも<ruby>東京<rt>とうきょう</rt></ruby>です。<br>umare mo sodachi mo toukyou desu |

🎧 078.mp3

| | |
|---|---|
| 故鄉很好住。 | 故郷は、とても住み心地がいいです。<br>kokyou wa, totemo sumigokochi ga ii desu |
| 小時候住過在關西地方。 | 子供の頃は、関西に住んでいました。<br>kodomo no koro wa, kansai ni sunde imashita<br>📖 關西指大阪周圍的地區。 |
| 最近因為近代化，綠色植物越來越少。 | 最近は、近代化が進んで緑が少なくなりました。<br>saikin wa, kindaika ga susunde midori ga sukunaku narimashita |
| 是個蕭條的城市。 | 寂れた町です。<br>sabiretamachi desu |
| 到春天櫻花滿開。 | 春になると、桜が満開になります。<br>haru ni naruto, sakura ga mankai ni narimasu |
| 夏天來了很多遊客，鬧哄哄的。 | 夏は、観光客でにぎわいます。<br>natsu wa, kankoukyaku de nigiwaimasu |
| 秋天是紅葉很漂亮的季節。 | 秋は、紅葉がきれいなんですよ。<br>aki wa, kouyou ga kireinan desu yo |
| 冬天是下着雪的白色季節。 | 冬は、雪で真っ白になります。<br>fuyu wa, yuki de masshiro ni narimasu |
| 從會下雪的地方來的。 | 雪国から来ました。<br>yukiguni kara kimashita |
| 是從沖繩出身的。 | 沖縄の出身です。<br>okinawa no shusshin desu |

| | |
|---|---|
| 每天坐自己的車上班。 | 毎日、マイカーで通勤しています。<br>mainichi, maika-de tsuukin shite imasu |
| 騎電單車上學。 | バイク通学してます。<br>baikutsuugaku shite masu |
| 交通費太貴，唯有騎自行車來往。 | 交通費も馬鹿にならないので、自転車で通っています。<br>koutsuuhi mo baka ni naranainode, jitensha de kayotte imasu |
| 住在東京的郊外。 | 東京郊外に住んでいます。<br>toukyoukougai ni sunde imasu |
| 住在東京二十三區內。 | 反 住まいは東京２３区内です。<br>sumai wa toukyou nijuusankunai desu |
| 住所雖然在東京都內，但在二十三區外實在不方便。 | 住所は東京都ですが、２３区外なので不便です。<br>juusho wa toukyouto desuga, nijuusankugai nanode fuben desu |
| 乘搭單軌鐵路。 | モノレールが通っています。<br>monore-ru ga tootte imasu |
| 雖然從千葉縣上班，但坐電車還是很快到。 | 千葉から通ってますが、電車ですぐです。<br>chiba kara kayotte masu ga, densha de sugu desu |
| 東京市內租金好貴，所以到埼玉縣租房子。 | 都内は家賃が高いので、埼玉県に部屋を借りています。<br>tonai wa yachin ga takainode, saitamaken ni heya o karate imasu |
| 我住在那邊的公寓。 | あのマンションに住んでいます。<br>ano manshon ni sunde imasu |

🎧 080.mp3

| | |
|---|---|
| 我住在那超市的上面。 | あのスーパーの上が、住居です。<br>ano su-pa- no ue ga, juukyo desu |
| 離家很近，所以可以步行上班。 | 家が近いので、歩いて通勤してます。<br>ie ga chikai node aruite tsuukin shite masu |
| 坐車大概半小時的距離。 | 車で３０分の距離です。<br>kuruma de sanjuppun no kyori desu |
| 單程約需要花一個半小時。 | 片道だけで、１時間半かかります。<br>katamichi dake de ichijikanhan kakarimasu |
| 是從城市以外的地方來的。 | 地方出身です。<br>chihoushusshin desu |
| 是個鄉下人。 | 圓 田舎者ですよ。<br>inakamono desu yo |
| 很羨慕城市人。 | 都会人が羨ましいですね。<br>tokaijin ga urayamashii desu ne |
| 住在那老公寓的二樓。 | あのボロアパートの２階に住んでます。<br>ano boroapa-to no nikai ni sunde masu |
| 在單身用的小房子生活。 | ４畳半一間です。<br>yojouhanhitoma desu |
| 住在單身公寓。 | ワンルームマンションに住んでます。<br>wanru-mumanshon ni sunde masu |
| 跟父母一起住在雙層獨立住宅。 | ２世帯住宅で、親と一緒に住んでます。<br>nisetaijuutaku de, oya to issho ni sunde masu |

🎧 081.mp3

| | |
|---|---|
| 跟父母一起住。 | 両親と一緒に暮らしてます。<br>ryoushin to issho ni kurashite masu |
| 是所謂的「網吧難民」。 | いわゆるネットカフェ難民です。<br>iwayuru nettokafenanmin desu |
| 沒有房子，每天在網吧睡覺。 | 類 家がないので、ネットカフェに寝泊りしてます。<br>ie ga nainode nettokafe ni netomarishite masu<br>📖「寝泊り」表示暫住的意思。在日本，「網吧」叫作「ネットカフェ」（網咖啡廳）。 |
| 沒有固定的地址。 | 住所不定です。<br>juushofutei desu |
| 跟女朋友一起住。 | 彼女と同棲しています。<br>kanojo to douseishite imasu |
| 跟男朋友一起住。 | 彼と同棲中です。<br>kare to douseichuu desu |
| 住在公司的宿舍。 | 会社の寮に住んでます。<br>kaisha no ryou ni sunde masu |
| 這是學生宿舍。 | 学生寮です。<br>gakuseiryou desu |
| 有公司職員住宅。 | 社宅があります。<br>shataku ga arimasu |
| 住在車站前面的的高密度住宅。 | 駅前の団地に住んでます。<br>ekimae no danchi ni sunde masu |
| 就是所謂高級住宅地房。 | 高級住宅地といわれています。<br>koukyuujuutakugai to iwarete imasu |

語法 2　　否定文

## 名詞

名詞（名字・職業・年齢・性別・人・東西等）＋ではありません（じゃありません）

| | |
|---|---|
| わたしは韓国人ではありません。（韓国人） | 我不是韓國人。 |
| 私は王さんじゃありません。（王さん） | 我不是王先生。 |
| 彼は銀行員ではありません。（銀行員） | 他不是銀行職員。 |
| 私は先生じゃありません。（先生） | 我不是老師。 |
| 私は４０歳です。（４０歳） | 我不是四十歲。 |
| あの人は女性じゃありません。（女性） | 那個人不是女的。 |
| これは鉛筆ではありません。（鉛筆） | 這不是鉛筆。 |

## 形容詞

な形容詞　原型（辭典形）＋ではありません（じゃありません）

| | |
|---|---|
| 日本語の発音は複雑ではありません。<br>（複雑）1 | 日語的發音不複雜。 |
| この服はきれいじゃありません。（きれい） | 這衣服不漂亮。 |
| 繁華街は静かではありません。（静か） | 繁華街道不安靜。 |

い形容詞　原型（－い）＋くありません（くないです）

| | |
|---|---|
| この犬はもう若くありません。（若い） | 這狗不年輕。 |
| この店のケーキはあまり甘くないです。<br>（甘い） | 這蛋糕不甜。 |
| 日本の物価は安くありません。（安い） | 日本的物價不便宜。 |

# 動詞

### 1類動詞　原型（u→i）＋ません

| | |
|---|---|
| 漢字を書きません。（書く kaku → kaki） | 我不寫漢字。 |
| この土地は売りません。（売る uru → uri） | 不會賣這土地。 |
| 私 はお酒を飲みません。<br>（飲む nomu → nomi ） | 我不喝酒。 |

### 2類動詞　原型（－る）＋ません

| | |
|---|---|
| 今日は何も食べません。（食べる） | 今天什麼都不吃。 |
| テレビは見ません。（見る） | 我不看電視。 |
| 今日は帰りません。（帰る） | 今天不回家。 |

### 3類動詞（する・來る）

| | |
|---|---|
| 宿 題をしません。（宿題する） | 不做作業。 |
| 夏休みは旅行しません。（旅行する） | 暑假不去旅遊。 |
| もうこの店には来ません。（来る） | 以後不來這商店。 |

# 地道竅訣 2

日本人的名字

　　日本人表示姓名辦法，就如大家所大家知道的，跟中華文化圈一樣：先寫姓，後寫名。（例：橋本〔はしもと〕 司〔つかさ〕）但是，表示英文名時，情況就不一樣了：先寫名，後寫姓。（例子：Tsukasa Hashimoto）。漢字（或者固有的文字）和英文名的表示情況有不一樣的順序，日本在這方面比較稀奇。

　　大部分日本人名用漢字表示。可是，也有不少以平假名和片假名表示的名字。如果是歌迷都會知道，其實在香港也有名的「濱崎步」，「宇多田光」，她們的日語表記分別是「浜崎〔はまさき〕あゆみ」（Ayumi Hamasaki）及「宇多田〔うただ〕ヒカル」（Hikaru Utada）。

　　以前，男的名字大多是「- 雄 -o、郎〔ろう〕 -rou」，女的名字大多是「子〔こ〕 -ko、美〔み〕 -mi」。但是最近這些名字都變少了，而且安奈〔あんな〕（Anna）、樹莉〔じゅり〕（Juri）等外來的名字越來越多。

　　外國人的姓名要用日本語來表示的話，是以片假名來表示的。可是，中華文化圈的姓名就有點麻煩了吧。把毛澤東的姓名作例子吧。原本用漢字表示並以日本音讀「もうたくとう」（mou takutou）。可是，最近有「マオ・ズートン」（mao zu-ton）這種按照該人名本國的讀法以平假名表示，而且情況越來越普遍。有英文名的香港人的話，「ジャッキー・チェン」（jakki- chen，Jackie Chan 成龍）、「ブルース・リー」（buru-su ri-，Bruce Lee 李小龍）一樣以片假名表示他們的名字。但是也有例外。周星馳並不是用英文名 Stephen Chow，而是按照中國的發音「チャウ・シンチー」（chau shinchi-）。周潤發沒有英文名，所以用中國音的「チョウ・ユンファ」（chou yunfa）。李連杰有一段長時間都是用中國音的「リー・リンチェイ」（ri- rinchei），但是最近也變成了英文名的「ジェット・リー」（jetto ri-）。

　　所以，香港人的名字其實始終沒有既定的日本語表示法。不妨根據自己的喜好，幫自己起一個日本名字。

# 第3章

# 打開話匣子

# 3.1 天氣

🎧 086.mp3

| | | |
|---|---|---|
| 今天天氣很好。 | 今日はいい天気ですね。<br>kyou wa ii tenki desu ne | |

👥 ♂ 天氣很好啊。　類 いい天気だね。
ii tenki dane
📖 「だね」是男性語。女性說的話，就要去掉
「だ」，如：「いい天気ね／ii tenki ne」。

| 今天天氣怎樣？ | 今日の天気はどうですか。<br>kyou no tenki wa dou desuka |
|---|---|
| 👥 晴天實在是太好了。 | 晴れてよかった。harete yokatta |
| 今天陰天啊。 | 今日は曇ってますね。<br>kyou wa kumotte masu ne |
| 有點多雲呢。 | ちょっと曇ってます。<br>chotto kumottemasu |
| 太陽很耀眼。 | お日様が眩しいです。<br>ohisama ga mabushii desu |
| 有霧。 | 霧が出てます。<br>kiri ga dete masu |
| 行雷。 | 雷が鳴ってます。<br>kaminari ga natte masu |
| 下雨。 | 大雨ですね。ooame desu ne |
| 天空看起來像是要下雨了。 | 雨が降りそうな空模様です。<br>ame ga furisouna soramoyou desu |
| 下雪。 | 雪が降ってきました。<br>yuki ga futte kimashita |
| 雨雪交加。 | 霙が降ってきました。<br>mizore ga futte kimashita |

🎧 087.mp3

| | |
|---|---|
| 👥♂ 天氣好悶熱。 | 蒸し暑い天気だ。<br>mushiatsui tenki da |
| 有點涼颼颼。 | ちょっと肌寒いです。<br>chotto hadazamui desu |
| 今天的溫度大概是二十度。 | 今日の温度は２０度ほどです。<br>kyou no ondo wa nijuudohodo desu |
| 👥 熱得要命。 | 暑くてたまらない。<br>atsukute tamaranai |
| 太冷了，會得感冒。 | 寒くて風邪を引きそうです。<br>samukute kaze o hikisou desu |
| 天氣狀況有點奇怪。 | 雲行きが怪しいです。<br>kumuyuki ga ayashii desu |
| 根據天氣預報，今天的最高氣溫是二十五度。 | 天気予報によると、今日の最高気温は２５度だそうです。<br>tenkiyohou ni yoruto, kyou no saikoukion wa nijuugodo dasou desu |
| 看過今天的天氣預報了嗎？ | 今日の天気予報を見ましたか。<br>kyou no tenkiyohou o mimashitaka |
| 明天下大雪。 | 明日は大雪です。<br>ashita wa ooyuki desu |
| 颱風在接近。 | 台風が向かっているそうです。<br>taifuu ga mukatteiru sou desu |
| 👥♂ 明天天氣會怎樣？ | 明日の天気はどうだろう？<br>ashita no tenki wa doudarou |

🎧 088.mp3

👥♂💬 聽說有大雨警報，要小心啊。

大雨注意報が出てるそうだから、気をつけなきゃ。

ooamechuuihou ga deterusoudakara, ki o tsukenakya

---

👥♂ 聽說馬上下大雪了。

これから大雪が降るそうだよ。

korekara ooyuki ga furusou dayo

---

👥♀ 比昨天更冷了。

昨日より寒いわね。

kinou yori samui wane

---

👥♂ 濕氣很重，糟透了。

湿気が多くて大変だ。

shikke ga ookute taihen da

---

空氣很乾燥。

空気が乾燥してます。

kuuki ga kansou shite masu

---

今天感覺很潮濕。

今日は、ジメジメしてますね。

kyou wa, jimejime shitemasu ne

---

👥♀ 很乾燥的天氣。

🈺 からからした天気ね。

karakarashita tenki ne

---

這是萬里無雲的天氣。

雲ひとつない快晴です。

kumo hitotsunai kaisei desu

---

藍色的天空很美啊。

青い空がきれいですね。

aoi sora ga kirei desu ne

---

這時候在北海道能看到流冰。

今頃北海道では流氷が見えるそうですよ。

imagoro hokkaidou dewa ryuuhyou ga mieru sou desu yo

---

♂ 明明是秋天卻像春天一樣溫暖啊。

小春日和ですなあ。

koharubiyori desu naa

📖 小春日和的意思等同英語的Indian summer。

🎧 089.mp3

| 這是清爽的天氣。 | 爽やかな天気ですね。<br>sawayakana tenki desu ne |
| 開始起風了。 | 風が吹いてきましたね。<br>kaze ga fuite kimashita ne |
| 到傍晚開始冷了。 | 夕方になると寒くなりますね。<br>yuugata ni naruto samuku narimasu ne |
| 今天積雪了。 | 今日は雪が積もりましたね。<br>kyou wa yuki ga tsumorimashita ne |
| 水窪很冷，請小心。 | 水溜りが凍ってますから気をつけて。<br>mizutamari ga kootte masukara ki o tsukete |
| 一定要戴圍巾。 | マフラーが必要ですね。<br>mafura- ga hitsuyou desu ne |
| 香港的天氣怎麼樣？ | 香港の天気はどうですか。<br>honkon no tenki wa dou desuka |
| 比日本還要冷？ | 日本より寒いですか。<br>nihon yori samui desuka |
| 在日本有四季。 | 日本には四季があります。<br>nihon niwa shiki ga arimasu |
| 春天快到了。 | そろそろ春になりますね。<br>sorosoro haru ni narimasu ne |
| 我最喜歡冬天。 | 私は冬がいちばん好きです。<br>watashi wa fuyu ga ichiban suki desu |
| 到春天天氣變得暖和。 | 春になれば暖かくなりますよ。<br>haru ni nareba atatakaku narimasu yo |

🎧 090.mp3

| | |
|---|---|
| 這是櫻花盛開的季節。 | 桜の季節ですね。<br>sakura no kisetsu desu ne |
| 又到紅葉的季節了。 | 紅葉の季節が、やって来ましたね。<br>kouyou no kisetsu ga, yatte kimashita ne |
| 這是令人食慾旺盛的秋天。 | 食欲の秋ですね。<br>shokuyoku no aki desu ne |
| 這是充滿藝術感覺的秋天。 | 🈩 芸術の秋ですね。<br>geijutsu no akidesu ne |
| 這是令人想閱讀的秋天。 | 🈩 読書の秋ですね。<br>dokusho no aki desu ne |

📖 「……の秋」的說法有不少，如「読書の秋」、「芸術の秋」、「食欲の秋」等，意思是「很適合（某事）的秋天」。另外還有「スポーツの秋／supo-tsu no aki」，即「適合運動的秋天」，只能用於秋天。

| | |
|---|---|
| 是黃梅雨呢。 | 梅雨ですね。tsuyu desu ne |
| 黃梅雨真麻煩。 | 梅雨は大変です。<br>tsuyu wa taihen desu |
| 因為每天都下雨，所以衣服不乾。 | 毎日、雨が降ってばかりで、洗濯物が乾きません。<br>mainichi, ame ga futtebakaride, sentakumono ga kawakimasen |
| 日本經常下雨吧。 | 日本はよく雨が降るでしょう。<br>nihon wa yoku ame ga furu deshou |
| 早上天氣驟冷。 | 朝は冷え込みますね。<br>asa wa hiekomimasu ne |
| 今天天色昏暗。 | 今日は真っ暗ですね。<br>kyou wa makkura desu ne |

| | |
|---|---|
| 雨雲出來了。 | 雨雲が出てきましたね。<br>amagumo ga detekimashita ne |
| 這是感覺陰暗的天氣。 | なんだか陰気くさい天気ですね。<br>nandaka inkikusaitenki desu ne |
| 在東北地方已經積雪了。 | 東北は、もう雪が積もってますよ。<br>touhoku wa, mou yuki ga tsumotte masu yo |
| 聽說在九州櫻花已經開了。 | 九州では、もう桜が咲いているそうです。<br>kyuushuu dewa, mou sakura ga saiteiru sou desu |
| 👥 聽說沖繩已經是夏天了。 | 沖縄は、もう夏だって。<br>okinawa wa, mou natsu datte |
| 我怕冷。 | 寒いのは苦手です。<br>samui nowa negate desu |
| 我怕熱。 | ⑤ 私は暑がりです。<br>watashi wa atsugari desu |
| 由於皮膚不好，所以害怕乾燥的天氣。 | 肌が弱いので、カラカラした天気は苦手です。<br>hada ga yowainode, karakarashita tenki wa negate desu |
| 山上的天氣經常變化。 | 山の天気は変わりやすいですね。<br>yama no tenki wa kawariyasui desu ne |
| 我認為小陣雨，馬上不下了。 | きっと通り雨だから直ぐやみますよ。<br>kitto tooriame dakara sugu yamimasu yo |
| 👥 啊，下雨了。 | あっ、雨だ。<br>at, ame da |

91

## 3.2 節假日

♪ 092.mp3

| | |
|---|---|
| 下週連休啊。 | らいしゅうれんきゅう<br>来週は連休ですね。<br>raishuu wa renkyuu desu ne |
| 黃金周馬上就到了。 | そろそろゴールデンウィークですね。<br>sorosoro go-rudenwi-ku desu ne |
| 夏季休假打算去哪裏？ | かき きゅうか<br>夏季休暇はどこへ行きますか。<br>kakikyuuka wa doko e ikimasuka |
| 今天起就是盂蘭盆會假期。 | きょう ぼん やす<br>今日からお盆休みです。<br>kyou kara obon'yasumi desu |
| 新年休假全家去滑雪旅行。 | しょうがつやす かぞくぜんいん りょこう い<br>お正月休みは家族全員でスキー旅行に行きます。<br>oshougatsuyasumi wa kazokuzen'in de suki-ryokou ni ikimasu |
| 新年前後會在海外度過。 | ねんまつねんし かいがい す<br>年末年始は海外で過ごします。<br>nenmatsunenshi wa kaigai de sugoshimasu |
| 下週有空嗎？ | らいしゅう あ<br>来週、空いてますか。<br>raishuu, aitemasuka |
| 週六有學校的郊遊。 | どよう がっこう えんそく<br>土曜は学校の遠足があります。<br>doyou wa gakkou no ensoku ga arimasu |
| 週日有運動會。 | にちよう うんどうかい<br>日曜は運動会です。<br>nichiyou wa undoukai desu |
| 今個星期要上班。 | こんしゅうしゅうまつしゅっきん<br>今週は週末出勤ですよ。<br>konshuu wa shuumatsushukkin desu yo |

| | |
|---|---|
| 週日有學會活動。 | 日曜は部活があります。<br>nichiyou wa bukatsu ga arimasu |
| 週末去不去音樂會？ | 週末、コンサートに行きませんか。<br>shuumatsu, konsa-to ni ikimasenka |
| 今個週末家人會來到我這裏來玩。 | 今週末は家族が遊びに来ます。<br>konshuumatsu wa kazoku ga asobi ni kimasu |
| 下個月的三連休不如一起去浸溫泉？ | 来月の３連休に、みんなで温泉に行かない？<br>raigetsu no sanrenkyuu ni, minna de onsen ni ikanai |
| 週六和週日去香港。 | 土日は香港に行きます。<br>donichi wa honkon ni ikimasu |
| 黃金周去首爾旅行。 | ゴールデンウィークは、ソウルへ旅行に行きます。<br>go-rudenwi-ku wa, souru e ryokou ni ikimasu |
| 最近身體狀況不好，所以打算好好休息。 | 最近は体の調子が悪いから、週末はゆっくりしようと思います。<br>saikin wa karada no choushi ga waruikara, shuumatsu wa yukkuri shiyouto omoimasu |
| 再不約女朋友，她就要生氣了。 | たまにはデートに誘わないと彼女に怒られます。<br>tama niwa de-to ni sasowanaito kanojo ni okoraremasu |

| 週六晚上有派對。 | 土曜の夜にパーティーがありますよ。<br>doyou no yoru ni pa-ti- ga arimasu yo |
| 週末就出去一下吧。 | 週末ぐらい出かけましょうよ。<br>shuumatsu gurai dekakemashou yo |
| 上個週末幹了些什麼？ | 先週の週末は何をしましたか。<br>senshuu no shuumatsu wa nani o shimashitaka |
| 👥 週末好想去迪士尼海啊。 | 週末はディズニーシーに行きたいな。<br>shuumatsu wa dizuni-shi- ni ikitaina |
| 假期會幹什麼？ | 休みの日は、何をしていますか。<br>yasumi no hi wa, nani o shite imasuka |
| 假期主要是在家做木工。 | 💬 休みの日は、もっぱら日曜大工ですよ。<br>yasumi no hi wa moppara nichiyoudaiku desu yo |
| 👥 明天是什麼日子？ | 明日は何の日だっけ。<br>ashita wa nan no hi dakke |
| 👥♀ 情人節啊。 | バレンタインデーよ。<br>barentainde- yo |
| 👥♀ 也請別忘記白色情人節哦。 | ホワイトデーを忘れちゃダメよ。<br>howaitode- o wasurecha dameyo<br>📖 三月十四日為「白色情人節」，讓男性回應女性在情人節作出表示的日子。 |

🎧 095.mp3

| | |
|---|---|
| 👥 因為是愚人節，所以說假話或者騙人都可以哦。 | 今日はエイプリルフールだから嘘ついても、騙してもいいよ。<br>kyou wa eipurirufu-ru dakara usotsuitemo, damashitemo ii yo |
| 在中國有黃金週嗎？ | 中国にもゴールデンウィークがありますか。<br>chuugoku nimo go-rudenwi-ku ga arimasuka |
| 在香港最重要的節日是哪一個？ | 香港での最も大切な祝日はいつですか。<br>honkon deno mottomo taisetsu na shukujitsu wa itsu desuka |
| 在中國也慶祝聖誕節嗎？ | 中国でもクリスマスを祝いますか。<br>chuugoku demo kurisumasu o iwaimasuka |
| 以前在日本也慶祝農曆春節。 | 日本も昔は旧正月を祝いました。<br>nihon mo mukashi wa kyuushougatsu o iwaimashita |
| 天皇的生日也是法定節日嗎？ | 天皇誕生日も法定休日ですか。<br>tennoutanjoubi mo houtei kyuujitsu desuka |
| 日本的節日很多啊。 | 日本は休みの日が多いですね。<br>nihon wa yasumi no hi ga ooi desu ne |
| 中國的節日真少呢。 | 🔄 中国は休みの日が少ないですね。<br>chuugoku wa yasumi no hi ga sukunai desu ne |
| 👥 週末一起玩吧。 | 週末ぐらい一緒に遊ぼうよ。<br>shuumatsugurai issho ni asobou yo |

🎧 096.mp3

| | | |
|---|---|---|
| 👥 | 明天是久違了的假期啊。 | 明日は、久しぶりにゆっくり休める。<br>ashita wa, hisashiburi ni yukkuri yasumeru |
| 👥💬 | 因為總是睡眠不足，不得不好好睡上一覺。 | いつも寝不足だからいっぱい寝ないと。<br>itsumo nebusokudakara ippai nenaito |
| | 假日睡到什麼時間？ | 休日は何時まで寝ていますか。<br>kyuujitsu wa nanji made neteimasuka |
| | 睡足一整天。 | 💬 一日中寝てます。<br>ichinichijuu neteimasu |
| | 假日經常去瀏覽商店櫥窗。 | 休みの日は、よくウィンドーショッピングに行きます。<br>yasumi no hi wa, yoku windo-shoppingu ni ikimasu |
| | 為了解除壓力做運動。 | ストレス解消にスポーツをします。<br>sutoresukaishou ni supo-tsu o shimasu |

# 3.3 經歷

🎧 097.mp3

| | | |
|---|---|---|
| 你上哪間大學？ | あなたは、どこの大学に通っていますか。<br>anata wa, doko no daigaku ni kayotte imasuka | |
| 你大學畢業了嗎？ | 大学を出ましたか。<br>daigaku wo demashitaka | |
| 💬 我從短期大學畢業了。 | 短大を卒業しました。<br>tandai o sotsugyou shimashita<br>📖 短期大學畢業相當於香港的副學士。 | |
| 💬 學歷是高中畢業。 | 高卒です。<br>kousotsu desu | |
| 💬 學歷是本科畢業。 | ４大卒です。<br>yondaisotsu desu | |
| 💬 從首都以外的三流大學畢業的。 | 地方の三流大出身です。<br>chihou no sanryuudaishusshin desu | |
| 我高中畢業後，就進專門學校。 | 高校を卒業してから、専門学校に入りました。<br>koukou o sotsugyou shitekara, semmongakkou ni hairimashita | |
| 大學中途退學了。 | 大学は中退しました。<br>daigaku wa chuutaishimashita | |
| 我將被編入中國的大學。 | 中国の大学に編入する予定です。<br>chuugoku no daigaku ni hennyuusuruyotei desu | |
| 是哪一科專門？ | 専門は何ですか。<br>semmon wa nan desuka | |

🎧 098.mp3

| | |
|---|---|
| 副修中文。 | 副専攻で中国語を取りました。<br>fukusenkou de chuugokugo o torimashita |
| 大學畢業後，打算進研究院。 | 大学を卒業後、大学院に進むつもりです。<br>daigaku o sotsugyougo, daigakuin ni susumu tsumori desu |
| 無風無浪，成功取得學位。 | 無事、学位を取得しました。<br>buji, gakui o shutokushimashita |
| 持有博士頭銜。 | 博士号を持っています。<br>hakasegou o motte imasu |
| 第二外語是哪一種？ | 第２外国語は何にしましたか。<br>dainigaikokugo wa nani ni shimashitaka |
| 有到韓國留學的經驗。 | 韓国に留学した経験があります。<br>kankoku ni ryuugakushita keiken ga arimasu |
| 來日本幾年了？ | 日本に来て何年ですか。<br>nihon ni kite nannen desuka |
| 高中畢業後，就到香港了。 | 高校を卒業して、すぐに香港に来ました。<br>koukou o sotsugyou shite, sugu ni honkon ni kimashita |
| 你在大學讀什麼的？ | 大学では何を勉強しましたか。<br>daigaku dewa nani o benkyou shimashitaka |
| 我在大學學了普通話。 | 💬 私は大学で北京語を学びました。<br>watashi wa daigaku de pekingo o manabimashita |

| | |
|---|---|
| 由於交換留學在北京滯留了一年。 | 交換留学で、北京に1年間滞在しました。<br>koukanryuugaku de, pekin ni ichinenkan taizai shimashita |
| 大概已經過了十年的海外生活。 | もう、かれこれ10年海外生活しています。<br>mou, karekore juunen kaigaiseikatsu shite imasu |
| 那麼，什麼時候會回國？ | では、いつ帰国するつもりですか。<br>dewa, itsu kikokusuru tsumori desuka |
| 有居留權嗎？ | 永住権がありますか。<br>eijuuken ga arimasuka |
| 簽證到什麼時候？ | ビザはいつまでですか。<br>biza wa itsumade desuka |
| 在海外生活的時間很長的樣子。 | 海外暮らしが長いそうですね。<br>kaigaigurashi ga nagaisou desu ne |
| 難道是歸國子女？ | もしかして帰国子女ですか。<br>moshikashite kikokushijo desuka |
| 日本人都熱心於工作吧。 | 日本人は、とても仕事熱心ですね。<br>nihonjin wa, totemo shigotonesshin desu ne |
| 由於父親的工作的關係，來了上海。 | 父の仕事の都合で、上海に来ました。<br>chichi no shigoto no tsugou de, shanhai ni kimashita |
| 💬 我畢業於上海的國際學校。 | 上海のインター校出身です。<br>shanhai no inta-kou shusshin desu |

🎧 100.mp3

| 想什麼時候環遊世界一周。 | いつか世界一周旅行をしてみたいです。<br>itsuka sekaiisshuuryokou o shitemitai desu |
| 你學了幾年的日語？ | 何年日本語を勉強していますか。<br>nannen nihongo o benkyou shite imasuka |
| 在日語學校學習日語。 | 日本語学校で日本語を勉強しています。<br>nihongogakkou de nihongo o benkyou shite imasu |
| 一邊打工，一邊學日語。 | アルバイトをしながら、日本語を勉強しています。<br>arubaito o shinagara, nihongo o benkyou shite imasu |
| 你有去過中國嗎？ | 中国に行ったことがありますか。<br>chuugoku ni itta koto ga arimasuka |
| 只在大學裏學的英語並不可能說得流利。 | 大学だけで英語がペラペラにはなれません。<br>daigakudake dewa eigo ga perapera niwa naremasen |
| 還有很多不明白的單語。 | まだまだ、わからない言葉が多いですよ。<br>madamada, wakaranai kotoba ga ooi desu yo |
| 曾經做過義務翻譯。 | ボランティアで翻訳をしたことがあります。<br>borantia de hon'yaku o shitakotoga arimasu |

| | | |
|---|---|---|
| 試過做即時傳譯，可是太累人了。 | 同時通訳をしてみましたが、とても疲れました。<br>doujitsuuyaku o shitemimashita ga, totemo tsukaremashita | |
| 我讀過日語的小說，可是太難了看不明白。 | 日本の小説を読んでみましたが、難しくてよくわかりませんでした。<br>nihon no shousetsu o yondemimashita ga, muzukashikute yoku wakarimasen deshita | |
| 我還沒有去過滑雪。 | まだ、スキーに行ったことがありません。<br>mada, suki-ni itta koto ga arimasen | |
| 🔱♂ 並不是自誇，有過兩次離婚的經驗哦。 | 自慢じゃないけど、2回離婚経験があるよ。<br>jimanjanai kedo, nikai rikonkeiken ga aru yo | |
| 有過怎樣的兼職經驗？ | どんなアルバイト経験がありますか。<br>donna arubaitokeiken ga arimasuka | |
| 💬 直到現在做過什麼樣的兼職？ | 🔘今まで、どんなバイトをしましたか。<br>imamade, donna baito o shimashitaka | |
| 學生時代住過宿舍。 | 学生時代は寮に住んでいました。<br>gakuseijidai wa ryou ni sunde imashita | |
| 第一次去外國旅行的國家是韓國。 | 初めて行った外国の国は韓国です。<br>hajimete itta gaikoku no kuni wa kankoku desu | |

🎧 102.mp3

| | |
|---|---|
| 聽說歐洲人很浪漫，是真的嗎？ | ヨーロッパ人はロマンチックだって聞いたんですが、本当ですか。<br>yo-roppajin wa romanchikku datte kiitan desuga, hontou desuka |
| 因為出差，留過在澳洲一個月。 | 出張でオーストラリアに一ヶ月滞在しました。<br>shucchou de o-sutoraria ni ikkagetsu taizai shimashita |
| 旅行到過全日本。 | 日本全国、旅をしたそうですね。<br>nihonzenkoku tabi o shitasou desu ne |
| 我爬過富士山。 | 富士山に登りました。<br>fujisan ni noborimashita |
| 你去過日本的哪一個地方？ | 日本のどこに行きましたか。<br>nihon no doko ni ikimashitaka |
| 已經去過三次迪士尼樂園。 | もう３回もディズニーランドに行きました。<br>mou sankai mo dizuni-rando ni ikimashita |
| 💬 學生時代入過籃球部。 | 学生時代はバスケ部に入っていました。<br>gakuseijidai wa basukebu ni haitte imashita |
| 我還沒有談戀愛的經驗。 | まだ恋愛の経験がありません。<br>mada ren'ai no keiken ga arimasen |

# 3.4 運動

🎧 103.mp3

| 你做什麼運動呢？ | 何<sup>なに</sup>かスポーツをしていますか。<br>nanika supo-tsu o shite imasuka |
|---|---|
| 我不擅長運動，可是喜歡看比賽。 | 私<sup>わたし</sup>はスポーツをするのは苦手<sup>にがて</sup>ですが、観戦<sup>かんせん</sup>するのは好<sup>す</sup>きです。<br>watashi wa supo-tsu o suru nowa negate desuga, kansen suru nowa suki desu |
| 我每天早上慢跑。 | 私<sup>わたし</sup>は毎朝<sup>まいあさ</sup>ジョギングをしています。<br>watashi wa maiasa jogingu o shite imasu |
| 我傍晚散步。 | 私<sup>わたし</sup>は夕方<sup>ゆうがた</sup>ウォーキングをしています。<br>watashi wa yuugata wo-kingu o shite imasu |
| 我盡量多一點走路。 | たくさん歩<sup>ある</sup>くようにしています。<br>takusan arukuyouni shite imasu |
| 跑步有益健康。 | 歩<sup>ある</sup>くのは健康<sup>けんこう</sup>にいいです。<br>aruku nowa kenkou ni ii desu |
| 適度的運動，對身體很好。 | 適度<sup>てきど</sup>な運動<sup>うんどう</sup>は体<sup>からだ</sup>にいいです。<br>tekido na undou wa karada ni ii desu |
| 散步是誰都會的運動。 | ウォーキングは、誰<sup>だれ</sup>にでもできる運動<sup>うんどう</sup>ですね。<br>wo-kingu wa, dare ni demo dekiru undou desu ne |
| 你喜歡走路嗎？ | 歩<sup>ある</sup>くのは好<sup>す</sup>きですか。<br>aruku nowa suki desuka |

🎧 104.mp3

| | |
|---|---|
| 我非常喜歡踢足球。 | 私<ruby>わたし</ruby>はサッカーが大好<ruby>だいす</ruby>きです。<br>watashi wa sakka- ga daisuki desu |
| 我週末踢足球。 | 私<ruby>わたし</ruby>は、週末<ruby>しゅうまつ</ruby>サッカーをしています。<br>watashi wa, shuumatsu sakka- o shite imasu |
| 少年時候加入過棒球隊。 | 少年<ruby>しょうねん</ruby>時代<ruby>じだい</ruby>は、野球<ruby>やきゅう</ruby>チームに入<ruby>はい</ruby>っていました。<br>shounenjidai wa, yakyuuchi-mu ni haitte imashita |
| 聽說在中國乒乓球挺受歡迎的。 | 中国<ruby>ちゅうごく</ruby>では卓球<ruby>たっきゅう</ruby>が大人気<ruby>だいにんき</ruby>だそうですね。<br>chuugoku dewa takkyuu ga daininki dasou desu ne |
| 我上游泳培訓班。 | 私<ruby>わたし</ruby>は水泳教室<ruby>すいえいきょうしつ</ruby>に通<ruby>かよ</ruby>っています。<br>watashi wa suieikyoushitsu ni kayotte imasu |
| 我由幼稚園開始一直有游泳。 | 幼稚園<ruby>ようちえん</ruby>の頃<ruby>ころ</ruby>から、ずっと水泳<ruby>すいえい</ruby>をしています。<br>youchien no koro kara, zutto suiei o shite imasu |
| 我不會游泳。 | 私<ruby>わたし</ruby>は泳<ruby>およ</ruby>げません。<br>watashi wa oyogemasen |
| 夏天到了就經常去海灘游泳。 | 夏<ruby>なつ</ruby>になったら海水浴<ruby>かいすいよく</ruby>に行<ruby>い</ruby>きます。<br>natsu ni nattara kaisuiyoku ni ikimasu |
| 游泳是最理想的運動。 | 水泳<ruby>すいえい</ruby>は最<ruby>もっと</ruby>も理想的<ruby>りそうてき</ruby>なスポーツです。<br>suiei wa mottomo risoutekina supo-tsu desu |

| | |
|---|---|
| 因為非常喜歡游泳，經常去游泳。 | 海が大好きなので、よく泳ぎに行きます。<br>umi ga daisukinanode, yoku oyogi ni ikimasu |
| 我非常喜歡爬山。 | 私は登山が大好きです。<br>watashi wa tozan ga daisuki desu |
| 因為愛好經常去爬山。 | 趣味でよく山登りに行きます。<br>shumi de yoku yamanobori ni ikimasu |
| 因為入登山俱樂部，經常跟同伴去爬山。 | 登山クラブに入ってて、よく仲間と山登りに行きます。<br>tozankurabu ni haittete, yoku nakama to yamanobori ni ikimasu |
| 我非常喜歡溜冰。 | 私はスケートが大好きです。<br>watashi wa suke-to ga daisuki desu |
| 我一有空，就去溜冰場。 | 暇さえあれば、スケートリンクに行きます。<br>himasae areba, suke-torinku ni ikimasu |
| 我非常喜歡滑雪。 | 私はスキーが大好きです。<br>watashi wa suki- ga daisuki desu |
| 💬 一到冬天，我總是把時間花在單板滑雪。 | 私は冬になると、もっぱらスノボですね。<br>watashi wa huyu ni naruto, moppara sunobo desu ne |
| 我為了鍛煉身體，經常去拳擊練習場。 | 体を鍛えるために、スポーツジムに通っています。<br>karada o kitaerutame ni supo-tsujimu ni kyotte imasu |

🎧 106.mp3

| | |
|---|---|
| 為了健康學瑜伽。 | 健康のためにヨガを習っています。<br>kenkou no tame ni yoga o narrate imasu |
| 為了減肥，每晚都跑運動場十個圈。 | ダイエットのために、毎晩グラウンドを10週走っています。<br>daietto no tame ni, maiban guraundo o jusshuu hashitte imasu |
| 我非常喜歡騎單車。 | サイクリングが大好きです。<br>saikuringu ga daisuki desu |
| 我對賽車感興趣。 | 私はカーレースに興味があります。<br>watashi wa ka-re-su ni kyoumi ga ariamsu |
| 我的夢想是當賽車運動員。 | 私はカーレーサーになるのが夢です。<br>watashi wa ka-re-sa- ni naru no ga yume desu |
| 希望什麼時候可以以運動選手的身份參加奧運。 | いつかスポーツ選手になって、オリンピックに出場したいです。<br>itsuka supo-tsusenshu ni natte, orinpikku ni shutsujoushitai desu |
| 💬 最近運動不足，不得不開始做運動。 | 最近は運動不足なので、何かスポーツを始めないと。<br>saikin wa undoubusoku nanode, nanika supo-tsu o hajimenaito |
| 因為工作都是文書工作，所以身體反應變得遲鈍。 | 仕事はデスクワークですから、体が鈍っていけません。<br>shigoto wa desukuwa-ku desukara, karada ga namatte ikemasen |

| | |
|---|---|
| 在學習芭蕾舞。 | バレエを習ってます。<br>baree o naratte masu |
| 在高中入空手俱樂部。 | 高校では空手部に入ってます。<br>koukou dewa karatebu ni haitte masu |
| 開始了學習柔道。 | 柔道を習い始めました。<br>juudou o naraihajimemashita |
| 因為長得瘦，要相撲的話太勉強了。 | 私は痩せているので、相撲は無理ですね。<br>watashi wa yaseteiru node, sumou wa muri desu ne |

語法 3　疑問文

## 名詞

名詞（名字・職業・年齢・性別・人・東西等）＋ですか

| | |
|---|---|
| あのう、あなたが佐藤さんですか。<br>（佐藤さん） | 請問，你是佐藤先生嗎？ |
| 学生ですか。（学生） | 你是學生嗎？ |
| 男性の方ですか。（男性の方） | 是男性嗎？ |
| 年齢は２０歳ですか。（２０歳） | 今年是不是 20 歲？ |

## 形容詞

な形容詞　原型（辞典形）＋ですか

| | |
|---|---|
| ここは静かですか。（静か） | 這裏安靜嗎？ |
| 今日の仕事は楽ですか。（楽） | 今日的工作輕鬆嗎？ |
| この椅子の座り心地快適ですか。（快適） | 這椅子坐得舒服嗎？ |

い形容詞　原型（辞典形）＋ですか

| | |
|---|---|
| 日本語は易しいですか。（易しい） | 日本語容易嗎？ |
| この料理は味が薄いですか。（薄い） | 這道菜味道清淡嗎？ |
| この荷物は重いですか。（重い） | 這行李重嗎？ |

## 動詞

１類動詞　原型（u → i）＋ますか

| | |
|---|---|
| この雑誌を読みますか。（読む yomu → yomi） | 讀這本雜誌嗎？ |
| タクシーに乗りますか。（乗る noru → nori） | 坐的士好嗎？ |
| 髪を切りますか。（切る kiru → kiri） | 剪頭髮嗎？ |

2 類動詞　原型（－る）＋ますか

| このコートを着<sub>き</sub>ますか。（着<sub>き</sub>る） | 穿這件外套嗎？ |
|---|---|
| インターネットで調<sub>しら</sub>べますか。（調<sub>しら</sub>べる） | 要在網上調查嗎？ |
| 明日<sub>あした</sub>は早<sub>はや</sub>く起<sub>お</sub>きますか。（起<sub>お</sub>きる） | 明日會早起嗎？ |

3 類動詞（する・来る）

| そろそろ出発<sub>しゅっぱつ</sub>しますか。（出発<sub>しゅっぱつ</sub>する） | 差不多出發了嗎？ |
|---|---|
| 英語<sub>えいご</sub>を勉強<sub>べんきょう</sub>しますか。（勉強<sub>べんきょう</sub>する） | 在學習英語嗎？ |
| 明日<sub>あした</sub>一緒<sub>いっしょ</sub>に食事<sub>しょくじ</sub>しますか。（食事<sub>しょくじ</sub>する） | 明日一起吃飯好嗎？ |
| 午後<sub>ごご</sub>に来<sub>き</sub>ますか。（来<sub>く</sub>る） | 下午來嗎？ |

下面的文章，用「はい」或者「いいえ」回答。

| あなたは日本人<sub>にほんじん</sub>ですか。 | 你是日本人嗎？ |
|---|---|
| はい、そうです。 | 是，是的。 |
| あなたは学生<sub>がくせい</sub>ですか。 | 你是學生嗎？ |
| いいえ、違<sub>ちが</sub>います。 | 不，不是。 |

可是，下面的文章中，不能用「はい」或者「いいえ」回答，要具體的文章回答。

| これは何<sub>なん</sub>の雑誌<sub>ざっし</sub>ですか。 | 這是什麼雜誌？ |
|---|---|
| スポーツの雑誌<sub>ざっし</sub>です。 | 運動雜誌。 |
| どんな気分<sub>きぶん</sub>ですか。 | 感覺怎麼樣？ |
| とても楽<sub>たの</sub>しい気分<sub>きぶん</sub>です。 | 非常快樂。 |

## 地道竅訣 3

### 中日韓漢字使用上的差異

　　大家一聽到語言裏有用漢字的國家，就會想起中國，日本和韓國吧。以前越南也使用漢字，但是現在變成了使用英文字母表記法。那麼韓國呢？直到數百年前，還是只用漢字表記。但在十五世紀，李氏世宗大王發明了以音素為單位，聰明又容易學的諺文，漢字的使用就變得很有限，主要見於中國的外來語。

　　那麼，在這裏介紹一下中日韓共同使用的漢字詞語。「愛人」是當中比較有代表性的漢字語。

　　中文的「愛人」是結婚對象的代名詞。是妻子或未婚妻，丈夫或未婚夫之類。

　　日語「愛人」的意義與中文的「愛人」不同，就是配偶以外「秘密的戀人」，「第三者／情夫／情婦」的意思。大財主之類的人甚至有買「情人」的情況。

　　韓語的「愛人」則包容性較強，可指涉所有形式的戀愛對象，但在一般語境下傾向指涉認真的愛情，像中文裏的男女朋友。

　　從詞義上可以說，在韓國，結婚之前就「愛」，在中國，結了婚才能「愛」，在日本是結婚一段時間後才秘密地「愛」，這些是各個國家以詞義來描述「愛情」的本質嗎？同一的漢字詞語，在不同的國家能有這麼大的變化，其實也頗令人驚奇。

　　所以，應該好好把握對方國家的漢字詞語的意義，避免誤解。

　　另外，中國和日本這兩個還在使用漢字的國家，比韓國和日本這兩個有漢字以外文字的國家，有更多共通的單詞。比方說，日語、韓語都將「料理」解成吃的東西。但這個詞在中文是有「処理する／shori suru」、「切り盛りする kirimori suru」（處理）的意義。

# 第４章

# 親密交談

# 4.1 健康

🎧 112.mp3

| 今天從早上開始身體就不舒服。 | 今日は朝から体の具合が悪いです。<br>kyou wa asa kara karada no guai ga warui desu |
| --- | --- |
| 這兩三天一直沒胃口。 | この２、３日ずっと食欲が湧きません。<br>kono ni, sannichi zutto shokuyoku ga wakimasen |
| 晚上還真不容易睡着。 | 夜、なかなか寝つけません。<br>yoru, nakanaka netsukemasen |
| 最近一直睡眠不足。 | 睡眠不足が続いてます。<br>suiminbusoku ga tsuzuite masu |
| 身體使不出力氣。 | 体が、とてもだるいです。<br>karada, ga totemo darui desu |
| 有種無力感。 | 脱力感があります。<br>datsuryokukan ga arimasu |
| 因為發燒，所以打算在家休息。 | 熱が出ましたので、家で休もうと思います。<br>netsu ga demashitanode, ie de yasumou to omoimasu |
| 發高燒，動不了。 | 高熱で動けません。<br>kounetsu de ugokemasen |
| 得感冒了。 | 風邪をこじらせました。<br>kaze o kojirasemashita |
| 因為季節轉變期容易得病。 | 季節の変わり目なので、体をこわしやすいです。<br>kisetsu no kawarime nanode, karada o kowashiyasui desu |

🎧 113.mp3

| | |
|---|---|
| 比昨天好多了。 | 昨日<small>きのう</small>よりは、だいぶよくなりました。<br>kinou yori wa, daibu yoku narimashita |
| 感覺好一些了。 | いくらか楽<small>らく</small>になりました。<br>ikuraka raku ni narimashita |
| 今天很有精神。 | 今日<small>きょう</small>は元気<small>げんき</small>です。kyou wa genki desu |
| 臉色不好。 | 顔色<small>かおいろ</small>が悪<small>わる</small>いですね。<br>kaoiro ga warui desu ne |
| 今天臉色很好啊。 | 反 今日<small>きょう</small>は顔色<small>かおいろ</small>がいいですね。<br>kyou wa kaoiro ga ii desu ne |
| 既然體質那麼弱，請別太勉強。 | 体<small>からだ</small>が弱<small>よわ</small>いんだから、無理<small>むり</small>をしてはいけません。<br>karada ga yowaindakara, muri o shite wa ikemasen |
| 身體虛弱，因此不能做激烈的運動。 | 虚弱体質<small>きょじゃくたいしつ</small>なので、あまり激<small>はげ</small>しいスポーツはできません。<br>kyojakutaishitsu nanode, amari hageshii supo-tsu wa dekimasen |
| 吸煙對身體不好哦。 | タバコは体<small>からだ</small>によくないですよ。<br>tabako wa karada ni yokunai desu yo |
| 很多人說飲適量的酒對身體好，是真的嗎？ | 適度<small>てきど</small>の飲酒<small>いんしゅ</small>は健康<small>けんこう</small>にいいっていわれてますが、本当<small>ほんとう</small>でしょうか。<br>tekido no inshu wa kenkou ni iitte iwaretemasuga, hontou de shouka |
| 根據學會的發表內容，似乎都是毫無根據的講法。 | 学会<small>がっかい</small>の発表<small>はっぴょう</small>によりますと、何<small>なん</small>の根拠<small>こんきょ</small>もない話<small>はなし</small>だそうですよ。<br>gakkai no happyou ni yorimasuto, nan no konkyo mo nai hanashi dasou desu yo |

🎧 114.mp3

| | |
|---|---|
| 最近，我們一班煙民真是沒有面子。 | 最近、私たち喫煙者は肩身が狭いですよ。<br>saikin, watashitachi kitsuensha wa katami ga semai desu yo |
| 為了美容和健康，開始冥想。 | 美容と健康のために、瞑想を始めました。<br>biyou to kenkou no tame ni, meisou o hajimemashita |
| 為了健康，經常喝礦泉水。 | 健康のために、よくミネラルウォーターを飲んでいます。<br>kenkou no tame ni, yoku mineraruwo-ta- o nonde imasu |
| 快點戒煙吧。 | いい加減に禁煙したらどうですか。<br>iikagen ni kin'en shitara dou desuka |
| 吸煙不但影響本人，周圍的人也會得癌症。 | 喫煙は本人だけでなく、周りにいる人も癌になりますよ。<br>kitsuen wa honnindake denaku, mawari ni iru hito mo gan ni narimasu yo |
| 怎麼了？看起來沒力氣。 | どうしたんですか。元気がないですね。<br>doushitan desuka. genki ga nai desune |
| 看起來總是這麼年輕。 | いつも若々しいですね。<br>itsumo wakawakashii desu ne |
| 健康極了。 | もう健康そのものですよ。<br>mou kenkou sonomono desu yo |
| 看起來很消瘦啦。 | だいぶやつれましたね。<br>daibu yatsuremashita ne |

| | |
|---|---|
| 我從來沒有留過院。 | 私は、今まで一度も医者にかかったことがないです。<br>watashi wa, ima made ichido mo isha ni kakatta koto ga nai desu |
| 我只有身體健康這點可取的。 | 健康だけが取り柄です。<br>kenkou dake ga torie desu |
| 健康的秘訣是什麼？ | 健康の秘訣は何ですか。<br>kenkou no hiketsu wa nan desuka |
| 還是健康最重要。 | やっぱり健康が一番ですね。<br>yappari kenkou ga ichiban desune |
| 你已經不年輕了，請多考慮一下自己的健康狀況。 | もう若くないんですから、体のことも考えてくださいよ。<br>mou wakaku nain desukara, karada no koto mo kangaete kudasai yo |
| 讓身體活動很重要吧。 | 体を動かすことが大事ですね。<br>karada o ugokasu koto ga daiji desu ne |
| 適量運動是健康的秘訣。 | 適度な運動が健康の秘訣です。<br>tekido na undou ga kenkou no hiketsu desu |
| 祝你早日康復。 | 早く元気になってくださいね。<br>hayaku genki ni natte kudasai ne |
| 長壽的秘訣是什麼？ | 長生きの秘訣は何ですか。<br>nagaiki no hiketsu wa nan desuka |

🎧 116.mp3

| | |
|---|---|
| 雖然年紀老邁，看起來健康而年輕。 | いくつになっても健康で若々しいですね。<br>ikutsu ni nattemo kenkou de kawakawashii desu ne |
| 曬太陽對健康很好。 | 日向ぼっこは、健康にいいです。<br>hinatabokko wa, kenkou ni ii desu |
| 天氣好的時候，就會去散步。 | 天気のいい日には、散歩に出かけます。<br>tenki no ii hi niwa, sanpo ni dekakemasu |
| 很容易貧血。 | 貧血気味です。<br>hinketsugimi desu |
| 因為低血壓，所以早起的話很辛苦。 | 低血圧で、朝起きるのが大変です。<br>teiketsuatsu de, asa okiru noga taihen desu |
| 這季節花粉很多，很辛苦。 | この季節は花粉が多くて大変です。<br>kono kisetsu wa kafun ga ookute taihen desu |
| 因為有花粉症，不能不用口罩。 | 花粉症なので、マスクが手放せません。<br>kafunshou nanode, masuku ga tebanasemasen |

# 4.2 減肥

🎧 117.mp3

| | | |
|---|---|---|
| | 最近年輕女生的話題總是關於減肥。 | 最近の若い女性は、ダイエットのことばかり口にしていますね。<br>saikin no wakai josei wa, daietto no kotobakari kuchi ni shite imasu ne |
| | 在雜誌上關於減肥的專題也大受歡迎。 | 雑誌でもダイエット特集が大人気だそうですよ。<br>zasshi demo daietto tokushuu ga daininki dasou desu yo |
| | 我經常喝減肥茶。 | 私は、よくダイエット茶を飲んでいます。<br>watashi wa, yoku daiettocha o nonde imasu |
| 👥 | 因為在意體重，所以不得不減肥啦。 | 体重が気になるから、ダイエットしなきゃね。<br>taijuu ga ki ni narukara, daietto shinakya ne |
| | 女性都很擔心身材呢。 | 女性は、すぐスタイルを気にしますね。<br>josei wa, sugu sutairu o ki ni shimasu ne |
| | 最近男性都很重視身材。 | 最近は、男性もスタイル重視ですよ。<br>saikin wa, dansei mo sutairu juushi desu yo |
| 👥♀ | 胖了三公斤。 | ３キロも太っちゃったわ。<br>sankiro mo futocchatta wa |
| 👥 | 因為新年吃了太多年糕，所以長胖了。 | お正月はお餅を食べすぎて太っちゃった。<br>oshougatsu wa omochi o tabesugite futocchatta |

| 好久沒穿夏季服裝，感覺上身體比衣服大。 | 久しぶりに夏服を着たら、ぶかぶかでした。<br>hisashiburi ni natsufuku o kitara, bukabuka deshita |
|---|---|
| 好久沒穿的西裝褲，鈕都扣不上。 | しばらくぶりにスラックスを履いたら、ボタンが閉まりませんでした。<br>shibarakuburi ni surakkusu o haitara, botan ga shimarimasen deshita |
| 😄♀ 大腿變粗了，變得不想穿短裙。 | 足が太くなって、ミニスカートを履く気がなくなったわ。<br>ashi ga futokunatte, minisuka-to o haku ki ga nakunatta wa |
| 😄♀ 總覺得胖了。 | なんだか太ったわね。<br>nandaka futottawa ne |
| 😄♀ 是不是手指粗了，戒指感覺很緊。 | 指が太くなったのかしら。指輪がきついわ。<br>yubi ga futokunatta nokashira, yubiwa ga kitsui wa |
| 😄♂ 怎麼了，戒指一戴就鬆脫，是不是手指瘦了？ | どうしたんだろう、指輪がすぐ外れる。指が細くなったのかな。<br>doushitan darou, yubia hosoku nattanokana |
| 😄♀ 這衣服好漂亮，可是不知道合不合穿？ | この服素敵、でも入るかしら。<br>kono fuku suteki, demo hairu kashira |

| | | |
|---|---|---|
| 👥👥 ♀ 💬 | 這服裝店有很多漂亮的衣服，但都是修身的剪裁…… | このブティックには、きれいなお洋服がいっぱいあるんですが、どれもスリムすぎて…。<br>kono butykku niwa kireina oyou fuku ga ippai arun desuga, doremo surimu sugite... |
| 💬 | 雖然進公司之前很瘦。 | 会社に入る前までは、痩せてたんだけど。<br>kaisha ni hairu mae made wa, yasetetan dakedo |
| 👥👥 | 我決定減肥。 | ダイエットすることに決めた。<br>daietto suru koto ni kimeta |
| 👥👥 ♀ | 夏天到之前還要減三公斤。 | 夏までに、あと３キロ痩せるわ。<br>natsu made ni, ato sankiro yaseru wa |
| 👥👥 ♂ | 不需要再減肥了。 | これ以上痩せる必要ないよ。<br>kore ijou yaseru hitsuyou naiyo |
| 👥👥 ♂ ▼ | 你太瘦了。 | 君は痩せすぎだよ。<br>kimi wa yasesugi da yo |
| 👥👥 ♂ | 太瘦也不好啊。 | 類 痩せすぎるのもよくないよ。<br>yasesuguru no mo yokunai yo<br>📖「よくないよ」是男性語的語氣，加「わ」就變成女性語的語氣。如：「よくないわよ／yokunaiwayo」。 |
| 👥👥 ♂ ▼ | 你要胖一點。 | もっと太らなきゃだめだよ。<br>motto futoranakya dame da yo |
| 👥👥 ♂ | 如果再瘦就只剩皮包骨了。 | これ以上痩せたら、骨と皮しかなくなっちゃうよ。<br>kore ijou yasetara hone to kawa shika nakunacchau yo |

🎧 120.mp3

| | | |
|---|---|---|

👥
♀
↓

一定要好好吃飯。

ちゃんとご飯食べなきゃだめよ。
chanto gohan tabenakya dame yo

你在進行什麼樣的減肥法？

どんなダイエットをしていますか。
donna daietto o shiteimasuka

在接受專家的指導。

専門家の指導を受けています。
senmonka no shidou o ukete imasu

主要是控制食量。

主に食事制限しています。
omo ni shokujiseigen shite imasu

👥
♀

雖然瘦了，但是體重反彈了。

一旦は痩せたんだけど、リバウンドしちゃったわ。
ittan wa yasetan dakedo, ribaundo shichatta wa

為了減肥上健身室，已經變成筋肉型的體格了。

ダイエットのために、ジムに通ったんですが、筋肉質な体型になってしまいました。
daietto no tame ni, jimu ni kayottan desuga, kinnikushitsu na taikei ni natte shimaimashita

定期的運動很有效果。

定期的に運動するのが効果的ですよ。
teikiteki ni undou durunoga koukateki desu yo

💬

喝減肥茶好久了，可是不知道有沒有效果。

ダイエット茶を飲んで長いんですが、効果があるのかどうか。
daiettocha o nonde nagain desuga, kouka ga arunokadouka

🎧 121.mp3

💬 雖然覺得不得不運動，可是一直沒有機會。
運動しなきゃと<ruby>思<rt>おも</rt></ruby>うんですが、なかなか<ruby>機会<rt>きかい</rt></ruby>がなくて。
undoushinakya to omoun desuga, nakanaka kikai ga nakute

三分鐘熱度，沒有恆心。
<ruby>三日坊主<rt>みっか ぼうず</rt></ruby>で、<ruby>長続<rt>ながつづ</rt></ruby>きしないんです。
mikkabouzu de, nagatsuzukishinain desu

我喜歡跳舞。不但消除壓力，而且順便減肥，一石二鳥。
<ruby>私<rt>わたし</rt></ruby>はダンスが<ruby>大好<rt>だいす</rt></ruby>きです。ストレス<ruby>解消<rt>かいしょう</rt></ruby>にもなるし、ダイエットにもなって<ruby>一石二鳥<rt>いっせきにちょう</rt></ruby>ですよ。
watashi wa dansu ga daisuki desu. sutoresu kaishou nimo narushi, daietto nimo natte issekinichou desu

我盡量每天早上走半小時以上的路。
<ruby>毎朝<rt>まいあさ</rt></ruby><ruby>３０分以上<rt>さんじゅっぷんいじょう</rt></ruby><ruby>歩<rt>ある</rt></ruby>くようにしています。
maiasa sanjuppunijou aruku youni shite imasu

有好的減肥法，就請告訴我吧。
いいダイエット<ruby>法<rt>ほう</rt></ruby>あったら<ruby>教<rt>おし</rt></ruby>えてください。
ii daiettohou attara oshiete kudasai

那個減肥法有效嗎？
そのダイエット<ruby>法<rt>ほう</rt></ruby>、<ruby>効果<rt>こうか</rt></ruby>ありましたか。
sono daiettohou, kouka arimashitaka

一般的做法還是限制食量吧。
<ruby>食事制限<rt>しょくじせいげん</rt></ruby>が<ruby>一般的<rt>いっぱんてき</rt></ruby>ですね。
shokujiseigen ga ippanteki desu ne

🎧 122.mp3

| | | |
|---|---|---|
| | 我認為健康比變瘦重要。 | 私は痩せることより、健康のほうが大切だと思います。<br>watashi wa yaserukoto yori, kenkou no hou ga taisetsu dato omoimasu |
| 👥♀ | 想變瘦，但討厭限制食量的方法。 | 痩せたいけど、食事制限は嫌。<br>yasetaikredo shokujiseigen wa iya |
| 👥 | 總是覺得肚餓，很困擾。 | なんだか、いつも空腹感があって困る。<br>nandaka, itsumo kuufukukan ga atte komaru |
| | 我的夢想是擁有像模特一樣瘦的身材。 | 私の夢は、モデルのようなスリムなスタイルになることです。<br>watashi no yume wa, moderu no youna surimu na sutairu ni narukoto desu |
| | 聽說針灸減肥有效果。 | 針が、ダイエットに効果があると聞いたことがあります。<br>hari ga, daietto ni kouka ga aru to kiitakoto ga arimasu |
| 👥 | 這款料理很好吃，再來一碗吧。減肥還是明天開始好了。 | この料理美味しい、お代わり。ダイエットは明日からにしよう。<br>kono ryouri oishii, okawari. daietto wa ahita kara ni shiyou |
| | 中醫減肥有效嗎？ | 漢方ダイエットは効くでしょうか。<br>kanpoudaietto wa kiku deshouka |
| | 最近的雜誌，減肥廣告太多了。 | 最近の雑誌には、ダイエット広告だらけです。<br>saikin no zasshi niwa, daiettokoukoku darake desu |

| | | |
|---|---|---|
| | 我非常喜歡吃零食。 | 私は、おやつが大好きです。<br>watashi wa, oyatsu ga daisuki desu |
| ♀ | 還是不要再吃宵夜了。 | 夜食食べるのやめようかしら。<br>yoshoku taberuno yameyou kashira |
| ♀ | 啊，是蛋糕任食啊，可是我在減肥呢。 | あっ、ケーキの食べ放題よ。でも私ダイエット中だし。<br>at, ke-ki no tabehoudai yo, demo watashi daiettochuu dashi |
| ♀ | 為什麼中國人總是吃油膩的菜卻不長胖？ | 何で中国の人はあんなに脂っこいもの食べても太らないのかしら。<br>nande chuugoku no hito wa anna ni aburakkoimono tabetemo futoranai no kashira |
| ♀ | 韓國人瘦的原因是泡菜嗎？ | 韓国人がスラーっとしてるのは、やっぱりキムチのおかげかしら。<br>kankokujin ga sura-tto shiteru nowa yappari kimuchi no okagekashira |
| ♀ | 我喜歡吃甜的東西，很困擾呢。 | あたし甘いものが大好き、困ったわ。<br>atashi amaimono ga daisuki, komatta wa |
| | 應該養成不吃零食的習慣。 | おやつを食べない習慣つけたほうがいいよ。<br>oyatsu o tabenai shuukan tsuketahou ga ii yo |
| | 做運動的話就放棄限制食量。 | 食事制限はやめて、運動したら。<br>shokuji seigen wa yamete, undou shitara |

🎧 124.mp3

| | | |
|---|---|---|
| 👥♂ | 沒見你的時間你瘦了。 | しばらく見ないうちに痩せたね。<br>shibaraku minaiuchi ni yaseta ne |
| | 我最近一直在減肥。 | 私 最近ずっとダイエットしているんです。<br>watashi saikin zutto daietto shite irundesu |
| | 做什麼樣的運動？ | どんなスポーツしてるんですか。<br>donna supo-tsu shiteirun desuka |
| | 開始做高溫瑜伽以後就開始瘦了。 | ホットヨガを始めてから痩せ始めました。<br>hottoyoga o hajimetekara yasehajimemashita |
| | 聽起來像說謊，但瘦了十公斤。 | 嘘みたいだけど 10 キロも痩せました。<br>uso mitaidakedo jukkiro mo yasemashita |
| 👥 | 表情比以前開朗。 | 前より表情が明るくなったね。<br>mae yori hyoujou ga akaruku natta ne |
| 👥 | 瘦是瘦了，可是變得沒精神。 | 痩せたことは痩せたけど、元気がなくなった。<br>yaseta koto wa yasetakedo, genki ga nakunatta |
| 👥 | 比起普通的瘦，這是消瘦吧。 | 痩せたというより、やつれたんじゃない？<br>yaseta to iuyori, yatsuretan janai |

🎧 125.mp3

| | | |
|---|---|---|
| | 雖然成功減了肥，但胸部也變小了。 | ダイエットは成功したんですが、胸まで小さくなってしまいました。<br>daietto wa seikou shitan desuga, mune made chiisaku natte shimaimashita |
| | 因為開始減肥時做的運動，手腕反而變粗了，真可惜。 | ダイエットのために始めた運動のせいで、腕が太くなってしまって残念です。<br>daietto no tameni hajimeta undou no seide, ude ga futokunatte shimatte zannen desu |
| | 比起我，我的男朋友更需要減肥。凸出的肚腩很難看。 | 私よりも彼氏にダイエットが必要です。おなかが出てきてカッコ悪いです。<br>watashi yorimo kareshi ni daietto ga hitsuyou desu.onaka ga detekite kakkowarui desu |
| ♀ | 身材這麼好，真令人羨慕呢。 | いいスタイルね、あなたが羨ましいわ。<br>ii sutairu ne, anata ga urayamashii wa |
| ♂ | 太瘦的話不好。我比較喜歡性感的女生。 | あまり痩せすぎるのもよくないよ。僕的にはグラマーな女性がタイプだな。<br>amari yasesuguru nomo yokunaiyo. bokuteki niwa gurama- na josei ga taipu dana |
| ♀ | 這樣就能穿比堅尼了。 | これでビキニを着れるわ。<br>korede bikini o kireru wa |

🎧 126.mp3

| | | |
|---|---|---|
| 👥 | 不管什麼樣的衣服都能穿。太高興了！ | どんな服でも着れるようになった。嬉しい！<br>donna fuku demo kireruyou ni natta. ureshii |
| 👥<br>♀ | 為了減肥放棄吃飯。 | ダイエットのために、食事を抜くんですって。<br>daietto no tame ni, shokuji o nukun desutte |
| 💬 | 是很有決心，可是都要注意健康。 | すごい決心ですね、でも健康には気をつけて。<br>sugoi kesshin desune, demo kenkou niwa ki o tsukete |
| | 是因為持之以恆才有效果呢。 | 継続は力なりですからね。<br>keizoku wa chikara nari desukara ne |
| | 達到目的後也要繼續，要不就沒意義了。 | 目的を達成した後も続けなきゃ意味がないですよ。<br>mokuteki o tassei shitaato mo tsudukenakya imi ga nai desu yo |
| | 終於瘦了三公斤，但很怕體重反彈。 | やっと３キロ痩せたんですけど、リバウンドが怖いです。<br>yatto sankiro yasetan desukedo, ribaundo ga kowai desu |
| | 終於得厭食症了。 | 拒食症になってしまいました。<br>kyoshokushou ni natte shimaimashita |
| | 被診斷為暴食症。 | 私は過食症と診断されました。<br>watashi wa kashokushou to shindan saremashita |

🎧 127.mp3

| | |
|---|---|
| 聽說過吃麵和米飯會長胖，真的嗎？ | 麺類やお米を食べ過ぎると太ると聞きましたが、本当ですか。<br>menrui ya okome o tabesugiru to futoru to kikimashita ga hontou desuka |
| 那麼，吃什麼才好呢？ | じゃあ、何を食べればいいんですか。<br>jaa, nani o tabereba iin desuka |
| 果然還是蔬菜和水果吧。 | やはり野菜とフルーツでしょう。<br>yahari yasai to furu-tsu deshou |
| 聽說早餐吃水果很好。 | 朝食はフルーツを食べるのがいいそうですよ。<br>choushoku wa furu-tsu o taberu noga iisou desu yo |
| 早上吃乳酪也很好，可是卡路里令人憂心。 | 朝食にヨーグルトもいいそうですが、カロリーが気になりますね。<br>choushoku ni yo-guruto mo iisou desuga, karori- ga ki ni narimasune |
| 請盡量不要吃太多甜食。 | 甘いものを食べ過ぎないようにしてください。<br>amai mono o tabesuginaiyou ni shite kudasai |
| 還是應該限制卡路里嗎？ | やはりカロリー制限がいいんでしょうか。<br>yahari karori-seigen ga iin deshouka |
| 💬 太擔心卡路里也不好吧。 | あまりカロリーを気にしすぎるのもねぇ。<br>amari karori- o ki ni shisugirunomo nee |

🎧 128.mp3

| | |
|---|---|
| 與減肥專科的醫生商量過。 | ダイエットについて専門医（せんもんい）に相談（そうだん）したことがあります。<br>daietto ni tsuite senmon'i ni soudan shitakoto ga arimasu |
| 每週有去中醫針灸，但沒有效果。 | 毎週（まいしゅう）漢方医（かんぽうい）に針（はり）を打（う）ってもらってますが、効果（こうか）がありません。<br>maishuu kampoui ni hari o utte morattemasuga, kouka ga arimasen |
| 我有喝中藥，但還是沒有效果。 | 漢方薬（かんぽうやく）お飲（の）んでますが、まだ効果（こうか）がありません。<br>kanpouyaku o nondemasuga, mada kouka ga arimasen |

# 4.3 美容

🎧 129.mp3

| | |
|---|---|
| 👥♀ 哪個牌子的化妝品好啊？ | どこの化粧品がいいかしら。<br>doko no keshouhin ga iikashira |
| 女性每天護理皮膚很麻煩吧。 | 女性は毎日肌の手入れが大変ですね。<br>josei wa mainichi hada no teire ga taihen desu ne |
| 你的皮膚非常漂亮，是怎麼保養的呢？ | とてもきれいな肌ですね。どう手入れなさっているんですか。<br>totemo kireina hada desune. dou teire nasatte irun desuka |
| 每次外出都塗粉底嗎？ | いつも出かけるときに、ファンデーションを塗っているんですか。<br>itsumo dekakeru toki ni fande-shon o nutte irun desuka |
| 已經習慣化了妝才外出。 | 化粧して出かけるのが習慣になりました。<br>keshou shite dekakeru noga shuukan ni narimashita |
| 美容的秘訣就是多吃蔬菜和水果。 | 野菜と果物をたくさん食べるのが美容の秘訣ですよ。<br>yasai to kudamono o takusan taberu noga buyou no hiketsu desu yo |
| 我為了美容睡得很充足。 | 私は美容のために十分な睡眠を取るようにしています。<br>watashi wa biyou no tame ni juubun na suimin o toruyouni shite imasu |

🎧 130.mp3

| 熬夜對皮膚不好，所以每天晚上十一點前睡覺。 | 夜更かしは肌によくないので、毎晩11時前に寝るようにしています。<br>yohukashi wa hada ni yokunainode, maiban juuichijimae ni neruyouni shite imasu |
| --- | --- |
| 我每週去美容院。 | 私は毎週エステに通っています。<br>watashi wa maishuu esute ni kayotte imasu |
| 經常去美容院保養皮膚。 | エステに通って、肌の手入れをしてもらっています。<br>esute ni kayotte, hada no teire o shite moratte imasu |
| ♀ 維他命 E 對保持皮膚年輕有效。 | ビタミンEが肌を若々しく保つのにいいんですって。<br>bitamin i- ga hada o wakawakashiku tamotsu no ni iin desutte |
| 每天去美容按摩嗎？ | 毎日美容マッサージをしているんですか。<br>mainichi biyou massa-ji o shiteirun desuka |
| 我的皮膚容易乾燥，怎麼做才好呢？ | 私の皮膚は乾燥しがちですが、どうすればいいでしょう？<br>watashi no hifu wa kansou shigachi desuga, doushitara ii deshou |
| 擔心臉很油膩。 | 私は顔のテカリが気になります。<br>watashi wa kao no tekari ga ki ni narimasu |
| 我洗臉後敷面膜。 | 私は洗顔後にパックをしています。<br>watashi wa sengango ni pakku o shite imasu |

| | |
|---|---|
| 皮膚容易敏感，有好的乳液嗎？ | アレルギー肌なんですが、何かいいクリームとかありませんか。<br>arerugi-hada nan desuga, nanika ii kurimu toka arimasenka |
| 盡量使用成分天然的洗面用品。 | できるだけ自然な成分を使った洗顔料がいいですよ。<br>dekirudake shizen na seibun o tsukatta senganryou ga ii desu yo |
| 這乳液非常好。 | この乳液、とってもいいですよ。<br>kono nyuueki, tottemo ii desu yo |
| 有沒有好的化妝水？ | 何かいい化粧水ないですか。<br>nanika ii keshousui nai desuka |
| 這不是男性用的化妝品嗎？ | これ男性化粧品じゃあないんですか。<br>kore danseikeshouhin jaanain desuka |
| 聽說氧氣對美容好。我每天早上都深呼吸。 | 酸素が美容にいいそうですよ。私は毎朝深呼吸しています。<br>sanso ga biyou ni iisou desu yo. watashi wa maiasa shinkokyuu shite imas |
| ♀ 聽說除去角質層後，新的皮膚就會生出來。 | 角膜を取り除くと、新しい皮膚が作られるんですって。<br>kakumaku o torinozoku to, atarashii hihu ga tsukurarerun desutte |
| 進口的化妝品怎麼樣？ | 輸入品の化粧品ってどうですか。<br>yunyuuhin no keshouhintte dou desuka |

🎧 132.mp3

| | | |
|---|---|---|
| | 修指甲嗎？ | ネイルケアしてますか。<br>neirukea shite masuka |
| | 你的指甲油很漂亮啊。 | きれいなマニキュアですね。<br>kirei na manikyua desune |
| 👥♀ | 你的指甲畫很漂亮啊。 | 可愛いネイルアートね。<br>kawaii neirua-to ne |
| | 車站前的指甲美容院風評不錯。 | 駅前のネイルサロン、評判いいですよ。<br>ekimae no neirusaron, hyouban ii desu yo |
| 👥 | 使用什麼樣的化妝水？ | どんな化粧水を使ってるの？<br>donna keshousui o tsukatteru no |
| | 最近男性也修眉毛。 | 最近は男の人も眉毛を手入れしてますよね。<br>saikin wa otoko no hito mo mayuge o teire shite masu yone |
| | 你對男性使用化妝品，有什麼想法？ | 男性のお化粧、どう思います？<br>dansei no okeshou, dou omoimasu |
| | 處理多餘的體毛真麻煩。 | 無駄毛のお手入れ、面倒ですよね。<br>mudage no oteire, mendou desu yone |
| | 我做了永久脫毛。 | 私は永久脱毛しました。<br>watashi wa eikyuudatsumou shimashita |
| | 聽說鐳射脫毛比較不會痛。 | レーザー脱毛は、痛みが少ないようですよ。<br>re-za-datsumou wa, itami ga sukunai you desu yo |

| | | |
|---|---|---|
| | 在電車上化妝的女性增加了。 | 電車の中で化粧してる女性が増えましたね。<br>densha no naka de keshou shiteru josei ga fuemashitane |
| | 最近的女子高中生都開始化妝了。 | 最近の女子高生は化粧するようになりました。<br>saikin no joshikousei wa keshou suruyou ni narimashita |
| 👥♂ | 在涉谷很多到化黑妝的少女啊。 | 渋谷はガングロに化粧したコギャルだらけだね。<br>shibuya wa ganguro ni keshou shita kogyaru darake da ne |
| 👥♂ | 女子高中生還是不化妝可愛。 | 女子高生は、すっぴんの方がかわいいよ。<br>joshikousei wa, suppin no hou ga kawaii yo |
| 👥♂ | 不要化那麼濃妝吧。 | そんなに厚化粧しないほうがいいよ。<br>sonna ni atsugeshou shinai hou ga ii yo |
| | 會間中刮臉毛嗎？ | 時々、顔そりしてますか。<br>tokidoki, kaosori shite masuka |
| | 很擔心毛越拔越長粗。 | 毛抜きで抜くと、逆に濃くなりそうで不安です。<br>kenuki de nukuto, gyaku ni kokunarisoude huan desu |

# 4.4 整形

🎧 134.mp3

| | | |
|---|---|---|
| 👥♀ | 好像最近流行小型整容手術。 | 最近はプチ整形が流行りらしいわ。<br>saikin wa puchi seikei ga hayari rashii wa |
| 👥♀ | 韓國的整容手術如何？ | 韓国の美容整形ってどうかしら。<br>kankoku no buyouseikeitte dou kashira |
| 👥♀ | 不如我也做割雙眼皮手術。 | 私も二重にしようかしら。<br>watashi mo futae ni shiyou kashira |
| | 雖然有興趣整容，但有點怕做手術。 | 美容整形に興味があるんですが、手術するのはちょっと怖いですね。<br>biyouseikei ni kyoumi ga arun desuga, shujutsusuru nowa chotto kowai desu ne |
| | 我的眼皮有點腫，所以打算做雙眼皮手術。 | 私はまぶたが腫れぼったい一重なので、二重まぶたにしようかと思っています。<br>watashi wa mabuta ga harebottai hitoe nanode, futae mabuta ni shiyou kato omotte imasu |
| | 小時候開始有蒜頭鼻子的綽號，所以感到自卑。 | 子供の頃からだんごっ鼻って言われてて、コンプレックスになっているんです。<br>kodomo no toro kara dangoppanatte iwaretete, kompurekkusu ni natte irun desu |

♀ 想做跟西方人一樣的高鼻子，怎麼樣？

西洋人みたいな高い鼻にしてみようかしら。

seiyoujin mitaina takai hana ni shitemiyou kashira

---

我憧憬雕像般深刻的面龐。

ほりの深い顔に憧れているんです。

hori no fukai hao ni akogarete irun desu

---

手術當天能回家嗎？

手術って日帰りで、できるんでしょうか。

shujutsutte higaeri de dekirun deshouka

---

還是會痛吧。

やっぱり痛そうですね。

yappari itasou desune

---

因為嘴唇厚，有個花名叫鱈魚嘴。

唇が厚くて、タラコ唇っていうあだ名があるんですよ。

kuchibiru ga arsukute, tarakokuchibirutte iu adana ga arun desu yo

---

這個夏天，絕對會做手術。

この夏、絶対手術してみます。

kononatsu, zettai shujutsu shitemimasu

---

有韓國整容旅行團，一起去吧。

韓国への整形ツアーがあるって言うんですが、一緒にどうですか。

kankoku eno seikeitsua- ga arutte iun desuga, issho ni dou desuka

---

聽說最近有不用刀的雙眼皮手術法。

最近は、メスで傷つけない二重手術があるそうですよ。

saikin wa, mesu de kizutsukenai futaeshujutsu ga arusou desuyo

136.mp3

| | | |
|---|---|---|
| | 不喜歡顎骨突出，打算削小一些。 | えらが張っているのが気に入らないので、削ってみようと思います。<br>era ga hatteiru noga ki ni iranainode, kezutte miyou to omoimasu |
| | 無論如何都想整容，但父母的反對令人困擾。 | どうしても整形したいんですが、親が反対していて困っています。<br>doushitemo seikei shitain desuga, oya ga hantai shiteite komatte imasu |
| ♂↓ | 對父母來說子女傷害自己重要的身體太不像話。 | 親からもらった大事な体を傷つけるとはけしからん。<br>oya kara moratta daijinakarada o kizutsukeru towa keshikaran |
| | 還是自然的臉最好。 | やっぱり自然な顔が一番ですよ。<br>yappari shizenna kao ga ichiban desuyo |
| | 我的胸部太小了，想做手術變大。 | 胸が小さいので、手術で大きくしたいです。<br>mune ga chiisai node, shujutsu de ookiku shitai desu |
| | 體內放入矽膠沒有排斥反應嗎？ | シリコンを入れるのに抵抗ありませんか。<br>shirikon o ireru noni teikou arimasenka |
| | 如果除掉皺紋，會年青十歲哦。 | 顔のしわを取ったら10歳は若返りますよ。<br>kao no shiwa o tottara jussai wa wakagaerimasuyo |

🎧 137.mp3

| | |
|---|---|
| 除掉皺紋不算整容啊。 | しわ取りは整形とはいえませんよ。<br>shiwatori wa seikei towa iemasen yo |
| 能去除肌膚鬆弛的部份嗎？ | 肌のたるみを取り除くこともできるんですか。<br>hada no tarumi o torinozokukoto mo dekirun desuka |
| 用刀切的話，是不是會留有傷痕？ | メスを入れたら、痕が残るんじゃありませんか。<br>mesu o iretara, ato ga nokorunja arimasenka |
| 罪犯為了逃走整容，會有這樣的事件吧。 | 犯罪者が逃亡するために整形したって事件、ありましたね。<br>hanzaisha ga toubou surutame ni seikei shitatte jiken, arimashita ne |
| 不止對女性，對男性來講也很受歡迎。 | 女性だけじゃなく、男性にも人気があるそうですよ。<br>joseidake janaku, dansei nimo ninki ga arusou desu yo |
| 在明星之間整容是常常有的事。 | 芸能人の間じゃあ整形なんて日常茶飯事ですよ。<br>geinoujin no aidajaa seikei nante nichijousahanji desu yo |
| 👥 韓國的偶像歌星，不是都整過容了嗎？ | 韓国のアイドルは、みんな整形してるんじゃないのかなぁ。<br>kankoku no aidoru wa, minna seikei shiterunjanainoka naa |

🎧 138.mp3

| | |
|---|---|
| 👫♀ 因為我想當演員，所以想做手術。 | 私　芸能人になりたいから手術したい。<br>watashi geinoujin ni naritaikara shujutsu shitai |
| 會不會有副作用？ | 副作用は、ないんですか。<br>fukusayou wa, nain desuka |
| 孩子出世的時候擔心有人會說不像媽媽。 | 子供ができた時が心配です。母親と似てないって言われそうで。<br>kodomo ga dekita toki ga shimpai desu. hahaoya to nitenaitte iwaresoude |
| 👫♀ 整容也能用保險金嗎？ | 整形にも保険使えるかしら。<br>seikei nimo hoken tsukaeru kashira |
| 然不是整容，但也做過牙齒矯正。 | 美容整形じゃないけど、歯の矯正をしたことがあります。<br>biyouseikei janaikedo, ha no kyousei o shitakoto ga arimasu |
| 聽說支付方式分期付款都可以。 | 支払いは分割払いでも○Kらしいです。<br>shiharai wa bunkatsubarai demo o-ke-i rashii desu |
| 👫 暑假時做兼職，要變漂亮。 | 夏休みにアルバイトして、きれいになろう。<br>natsuyasumi ni arubaito shite, kirei ni narou |

139.mp3

你的雙眼皮，難道是整容整出來的？
君の二重、もしかして整形？
kimi no futae, moshikashite seikei

你的鼻子漂亮得像整容整出來的。
類 整形したみたいにきれいな鼻ですね。
seikei shitamitai ni kirei na hana desune

難道你的胸，也是做過手術才變大的？
類 もしかしてその胸、手術で大きくしたんじゃない？
moshikashite sono mune, shujutsu de ookiku shitanjanai

真失禮，是真的！
失礼ね、本物よ。
shitsureine, monmono yo

成龍整過容也是真的嗎？
ジャッキー・チェンも整形したって本当ですか。
jakki-chen mo seikeishitatte hontou desuka

聽說金城武也做過雙眼皮。
金城武も二重手術したそうですよ。
kaneshiro takeshi mo hutaeshujutsu shitasou desu yo

和以前的照片一比，好明顯樣子都不一樣。
昔の写真と比べたら明らかに顔が違いますね。
mukashi no shashin to kurabetara akirakani kao ga chigaimasune

整過容的美女和自然的醜女，哪一個好？
整形美人と自然なブス、どっちがいい？
seikeibijin to shizen na busu, docchi ga ii

那當然是美女好啊。
そりゃあ、美人のほうがいいに決まってるさ。
soryaa, bijin no hou ga ii ni kimatteru sa

語法 4　過去文（肯定）

## 名詞

名詞（名字・職業・年齢・性別・人・東西等）＋でした

| | |
|---|---|
| 当時は学生でした。（学生） | 當時是學生。 |
| 2年前は独身でした。（独身） | 兩年前是獨身的。 |
| 彼は以前、私の恋人でした。（恋人） | 他以前曾經是我的戀人。 |

## 形容詞

な形容詞　原型（辞典形）＋でした

| | |
|---|---|
| 勉強を始めた頃は簡単でした。<br>（簡単） | 初初開始溫習的時候很簡單。 |
| 新婚の頃は素敵でした。（素敵） | 新婚的時候很不錯。 |
| 香港では有名でした。（有名） | 香港來說曾經很有名。 |

い形容詞　原型（ーい）＋かったです

| | |
|---|---|
| 子供の頃はおとなしかったです。<br>（おとなしい） | 小時候已經很老氣。 |
| 昨日の夜はとても寒かったです。<br>（寒い） | 昨晚非常寒冷。 |
| 去年食べた北京ダックは、おいしかったです。（おいしい） | 去了吃過的北京填鴨很好吃。 |

# 動詞

### 1 類動詞　原型（u → i）＋ました

| | |
|---|---|
| 去年大阪に行きました。<br>（行く iku → iki） | 去年到過大阪。 |
| バスに乗りました。（乗る noru → nori） | 坐過巴士。 |
| 昨日はたくさんお酒を飲みました。<br>（飲む nomu → nomi） | 昨晚喝了很多酒。 |

### 2 類動詞　原型（－る）＋ました

| | |
|---|---|
| 飛行機が飛び去る音が聞こえました。<br>（聞こえる kikoeru → kikoe） | 聽到過飛機飛過的聲音。 |
| 両親に電話をかけました。<br>（かける kakeru → kake） | 打過電話給雙親。 |
| 昨日は早く寝ました。（寝る neru → ne） | 昨日很早就睡了。 |

### 3 類動詞（する・来る）

| | |
|---|---|
| 昨日は車を運転しました。（運転する） | 昨日駕駛過車。 |
| 以前、英語を勉強しました。（勉強する） | 以前學習過英文。 |
| 私は上海から来ました。（来る） | 我從上海來的。 |

# 地道竅訣 4

## 日本人的歪曲表達手法

外國人經常說「日本人不老實」、「不知道日本人想什麼」。這樣的情況其實和日本人的文化和習慣有關。

首先日本人從小時候開始就接受「しつけ」，一種基本的禮貌教育。日本人被灌輸「不應該給別人添麻煩」及「必需關懷別人感受」之類的基本概念。

因此，並不是不表達感情，但為了不傷害對方，所以比較多使用間接的表現，而非直接的表現。於是，「暗示」之類的間接性歪曲表達手法就獲廣泛使用。

看看以下外國留學男生與典型日本女性的對話。男生習慣了直接表達自己，嘗試約會日本女性。

外國留學生：「明天一起去看電影，怎麼樣？」
日本女性：「明天有點……」
外國留學生：「那麼，後天怎麼樣？」
日本女性：「後天也有點不方便。」
外國留學生：「那麼，下週末呢？」
日本女性：「下週末要準備測驗，所以……」

他們的心裏實際是怎麼想的呢？看看下面。
外國留學生：「明天一起去看電影，怎麼樣？」（我們約會吧。）
日本女性：「明天有點……」（不想跟你去。）
外國留學生：「那麼，後天怎麼樣？」（她明天沒時間吧。）
日本女性：「後天也有點不方便。」（真討厭，快點放棄吧。）
外國留學生：「那麼，下週末呢？」（怎麼那麼忙啊。）
日本女性：「下週末要準備測驗，所以……」（你真的感覺不到嗎？！）

日本女性使用了歪曲性的表現拒絕。
現在看看其他的歪曲表現的例子：
「已經那麼晚了。」（時間到了，要回家。）
「你是不是餓了？」（我們去吃飯吧。）
等等。

學外語不單是學習語言本身，更重要的是文化及其背後引致的溝通習慣等社會語言學或語用學問題。並不需要太正經研究，只要看電影或連續劇，就可以有趣地接觸並學習對方國家的文化了。

# 第 5 章

# 約會

# 5.1 約會

🎧 144.mp3

| | |
|---|---|
| 現在一起去喝茶等怎麼樣？ | これから一緒にお茶でもいかがですか。<br>korekara issho ni ochademo ikaga desuka |
| 週末有空嗎？ | 週末、空いてますか。<br>shuumatsu, aitemasuka |
| 今晚有空嗎？ | 今晩はお暇ですか。<br>komban wa ohima desuka |
| 不巧今晚有約。 | 🗨 あいにく今晩は約束があります。<br>ainiku komban wa yakusoku ga arimasu |
| 💬 雖然有空，但有什麼事？ | 🗨 暇ですが、何か…。<br>hima desuga, nanika |
| 雖然有空，但只我們兩個人？ | 空いてますが、まさか二人だけですか。<br>aitemasu ga, masaka futari dake desuka |
| 👥♂ 如果有時間的話，想一起去看電影什麼的。 | 時間があればでいいんですが、一緒に映画でもどうかなと思って。<br>jikan ga areba de iin desuga, issho ni eigademo doukana to omotte |
| 中日交流晚會不如一起去吧。 | 日中交流パーティー、一緒に行きましょうよ。<br>nicchuukou ryuupa-ti, issho ni ikimashou yo |
| 💬 我想應該沒問題。 | たぶん大丈夫だとは思うんですが…。<br>tabun daijoubu datowa omoun desuga |

145.mp3

| 和留學生朋友們旅行一天，不如一起去吧？ | 留学生仲間で日帰り旅行に行くんですが、一緒にどうですか。<br>ryuugakusei nakama de higaeriryokou ni ikun desuga, issho ni dou desuka |
| --- | --- |
| 不好意思，碰巧有點事。 | 💬 すみません、ちょっと用事があります。<br>sumiasen, chotto youji ga arimasu |
| 不如一起去吃飯？ | 一緒に食事でもいかがですか。<br>isshoni shokuji demo ikaga desuka |
| 👥♂ 買了一輛車，一起去兜風怎樣？ | 車買ったんだけど、ドライブに出かけない？<br>kuruma kattan dakedo, doraibu ni dekakenai |
| 有什麼急事嗎？ | 何か急用でもあるんですか。<br>nanika kyuuyou demo arun desuka |
| 如果不方便的話，會聯繫你。 | もし都合が悪くなったら連絡しますね。<br>moshi tsugou ga warukunattara renraku shimasu ne |
| 有時間的話，保持聯繫吧。 | いつか時間があったら連絡してください。<br>itsuka jikan ga attara renraku shite kudasai |
| 是下週二，你方便嗎？ | 来週の火曜なんですが、都合はいかがですか。<br>raishuu no kayou nan desuga, tsugou wa ikaga desuka |

🎧 146.mp3

| | | |
|---|---|---|
| 有特別公演，我們一起去看看吧。 | 特別公演があるんですが、一緒に見に行きませんか。<br>tokubetsukouen ga arun desuga, issho ni miniikimasenka | |
| 那麼，六點在正門見。 | では、6時に正門で会いましょう。<br>dewa, rokuji ni seimon de aimashou | |
| ⬆ 我到大堂接你吧。 | 私がロビーに迎えに参ります。<br>watashi ga robi- ni mukae ni mairimasu | |
| 聖誕節有沒有打算？ | クリスマスの予定、ありますか。<br>kurisumasu no yotei, arimasuka | |
| 聖誕節前夜有約沒有？ | イヴの夜って何か用事がありますか。<br>ibu no yorutte nanika youji ga arimasuka | |
| 可以的話，一起過吧。 | よかったら一緒に過ごしましょう。<br>yokattara issho ni sugoshimashou | |
| 今次，我想只跟你兩個人一起。 | 今度、二人だけでお会いしたいんですが。<br>kondo, futaridake de oaishitain desuga | |
| ⬆ 好，樂意之至。 | はい、喜んで。<br>hai, yorokonde | |
| 請保守秘密別告訴其他人啊。 | 他の人には秘密ですよ。<br>hoka no hito niwa himitsu desu yo | |

147.mp3

| | | |
|---|---|---|
| 下週的三聯休，有沒有去哪裏的計劃？ | 来週の3連休、どこか出かける予定ありますか。<br>raishuu no sanrenkyuu, dokoka dekakeru yotei arimasuka |
| 如果可以的話，來我家玩，好不好？ | もしよろしければ、私のうちに遊びに来ませんか。<br>moshi yoroshikereba, watashi no uchi ni asobi ni kimasenka |
| ↑ 明天晚上，如果時間方便來玩好嗎？ | 明日の夜、都合がよければ遊びにいらっしゃいませんか。<br>ashita no yoru, tsugou ga yoroshikereba asobi ni irasshaimasenka |
| 七點在電影院門口等你。 | 7時に映画館の入り口で待っています。<br>shichiji ni eigakan no iriguchi de matte imasu |
| 請問現在可有男朋友？ | あの、今彼氏いますか。<br>ano, ima kareshi imasuka |
| 有沒有正在交往中的對象？ | ❸ 誰か付き合ってる人っているんですか。<br>dareka tsukiatteru hitotte irun desuka |
| 👥 剛才跟你說話的人，難道<br>♂ 是女朋友？ | さっき話してた人、もしかして彼女。<br>sakki hanashiteta hito, moshikashite kanojo |
| 聽說在找交往對象，是真的嗎？ | 恋人募集中って本当ですか。<br>koubitoboshuuchuutte hontou desuka |

🎧 148.mp3

| ♂💬 | 好不容易才遇到的，所以我想關係更親近一點。 | せっかく出会ったんだから、もっと親しく<br>なりたいなと思って。<br>**sekkaku deattan dakara, motto shitashikunaritaina to omotte** |
|---|---|---|
| 💬 | 不，沒有什麼奇怪的意思。 | いや、変な意味じゃなくて。<br>**iya, hen na imi janakute** |
| ♂💬 | 不，請別誤會。我只是…… | 🔵 いや、誤解しないでください。僕はただ…<br>**iya, gokai shinaide kudasai. boku wa tada** |
| | 那麼，六點半打你的手機。 | それでは、6時半にケータイに電話しますね。<br>**soredewa, rokujihan ni ke-tai ni denwa shimasune** |
| | 如果方便的話，大家一起出去好嗎？ | もし良ろしかったら、みんなで出かけませんか。<br>**moshi yoroshikattara, minna de dekakemasenka** |
| | 週末都有學校的活動。 | 週末は、いつも学校の活動があるんです。<br>**shuumatsu wa, itsumo gakkou no katsudou ga arun desu** |
| | 兩點在老地方，好嗎？ | いつものところに2時でいいですか。<br>**itsumo no tokoro ni niji de ii desuka** |
| | 跟男朋友一起去，好不好？ | 彼と一緒に行ってもいいですか。<br>**kare to issho ni itte mo ii desuka** |

| | |
|---|---|
| 跟女朋友一起參加，好不好？ | 彼女と一緒に参加してもいいですか。<br>kanojo to issho ni sanka shite mo ii desuka |
| 原來已經有戀人啊。 | 恋人がいたんですか。<br>koibito ga itan desuka |
| 👥♀ 哎呀，原來有男朋友啊。 | 類 あら、彼氏がいたの。<br>ara, kareshi ga itano<br><br>📖「彼氏」跟「彼」一樣也有「他／那個男人」的意思，但最近很少用。 |
| 十點在車站前見面吧。 | 駅前で１０時に会いましょう。<br>ekimae de juuji ni aimashou |
| 我開車接你。 | 車で迎えに行きますよ。<br>kuruma de mukae ni ikimasu yo |

# 5.2 時間

🎧 150.mp3

| | |
|---|---|
| 今天幾號？ | 今日は何日ですか。<br>kyou wa nannichi desuka |
| 三號。 | 💬 3日です。<br>mikka desu |
| 今天星期幾？ | 今日は何曜日ですか。<br>kyou wa nan'youbi desuka |
| 星期一。 | 💬 月曜日です。<br>getsuyoubi desu |
| 現在幾點？ | 今何時ですか。<br>ima nanji desuka |
| 兩點五十分。 | 💬 2時50分です。<br>niji gojuppun desu |
| 差不多六點。 | そろそろ6時です。<br>sorosoro rokuji desu |
| 我的手錶慢了十分鐘。 | 私の腕時計は10分遅れてます。<br>watashi no udedokei wa juppun okurete masu |
| 手機沒電，不知道時間。 | ケータイのバッテリーが切れてて、時間がわかりません。<br>ke-tai no batteri- ga kiretete, jikan ga wakarimasen |
| 👥♂ 原來已經這麼晚。 | もうこんな時間だ。<br>mou konna jikan da |
| 👥♂ 糟糕，遲到了。 | 🔁 やばい、遅刻する。<br>yabai, chikoku suru |
| | 📘 やばい是「危險」、「不妙」的意思。如：「やばい！警察が来たぞ、早く隠れろ／ yabai! keisatsu ga kitazo, hayaku kakurero」（不妙！來的警察，快點躲藏吧）。 |

🎧 151.mp3

| | | |
|---|---|---|
| 👥♂ | 差不多到約定的時間，但一個人都沒來到。 | そろそろ約束の時間なのに誰も来ないなあ。<br>sorosoro yakusoku no jikan nano ni dare mo konainaa |
| 👥 | 什麼時間出發？ | 何時に出発するの？<br>nanji ni shuppatsu suru no |
| 👥 | 約了什麼時間？ | 何時に待ち合わせたの？<br>nanji ni machiawaseta no |
| 👥♂ | 不好意思，遲了一點。 | ごめん、ちょっと遅れる。<br>gomen, chotto okureru |
| 👥♂ | 差不多是午膳時間了。 | そろそろ昼ごはんの時間だ。<br>sorosoro hirugohan no jikan da |
| 👥♂ | 十二點了，吃午飯吧。 | 12時だな、昼飯を食おう。<br>juuniji dana, hirumeshi o kuou |
| | 差不多到下班時間了。 | もう退勤の時間ですね。<br>mou taikin no jikan desu ne |
| | 課堂幾點開始？ | 授業は何時からですか。<br>jugyou wa nanjikara desuka |
| | 不好意思，因為賴床所以遲到。 | すみません、寝坊したので遅れます。<br>sumimasen, neboushita node okuremasu |
| 👥♂ | 比起約定時間已過了三十分鐘，究竟發生什麼事了。 | 約束の時間を30分も過ぎてるのに、どうしたんだろう。<br>yakusoku no jikan o sanjuppun mo sugiteru noni doushitan darou |
| | 每朝七時起床。 | 毎朝7時に起きています。<br>maiasa shichiji ni okite imasu |

🎧 152.mp3

| | |
|---|---|
| 每晚盡量十二時前睡覺。 | 毎晩、１２時前に寝るようにしています。<br>maiban, juunijimae ni neruyouni shite imasu |
| 過着不規則的生活。 | 不規則な生活をしています。<br>fukisoku na seikatsu o shite imasu |
| 最近很忙。 | 最近は忙しいです。<br>saikin wa isogashii desu |
| 現在可以幫幫忙嗎？ | 今、ちょっといいですか。<br>ima, chotto ii desuka |
| 💬 不好意思，趕時間。 | 💬 すいません、急いでますんで。<br>suimasen, isoidemasunde |
| 如果有時間，可以幫我做個問卷調查嗎？ | もし時間があったら、アンケートに答えてもらえませんか。<br>moshi jikan ga attara, anke-to ni kotaete moraemasenka |
| 👫 時間還那麼早。<br>♂ | まだこんな時間だ。<br>mada konna jikan da |
| 👫 還有時間嘛。<br>♂ | まだ余裕があるな。<br>mada yoyuu ga aruna |
| 👫 不要心急，還有時間。<br>♀ | そんなに急がないで、まだ時間あるわよ。<br>sonna ni isoganaide, mada jikan aru wayo |
| 👫 快點嘛，不然會趕不上。<br>♂ | 早くしないと間に合わないよ。<br>hayaku shinai to ma ni awanai yo |
| 幾點開始幾點結束？ | 何時から何時までですか。<br>nanji kara nanji made desuka |

# 5.3 電話

🎧 153.mp3

| | | |
|---|---|---|
| | 喂？ | もしもし。moshimoshi |
| | 不好意思，電話聽不清楚。 | すいません、電話が遠くてよく聞こえないんですか。<br>suimasen, denwa ga tookute yoku kikoenain desuga |
| ⬆ | 這麼晚打擾你。 | 夜分恐れ入ります。yabun osoreirimasu |
| 👥 ♀ | 啊，惠美？是我啊。 | あ、エミ？あたしよ。<br>a, emi？atashi yo |
| ⬆ | 請問，您是不是李先生？ | あのう、李さんでいらっしゃいますか。<br>anou, ri-san de irasshaimasuka |
| ⬆ | 我是王先生。 | 私、王でございます。<br>watashi, ou de gozaimasu |
| ⬆ | 喂，我是王先生，李先生在不在？ | もしもし王と申しますが、李さんいらっしゃいますか。<br>moshimoshi ou to moushimasu ga, ri-san irasshaimasuka |
| | 不，不是。 | いいえ、違いますが。<br>iie, chigaimasu ga |
| | 你是不是打錯電話了？ | 🈯 電話番号間違えるんじゃないですか。<br>denwabangou machigaetan janai desuka<br>📖 具體說「搞錯」的原型是「間違える／machigaeru」。電話號碼打錯的原型是「かけ間違える／kakekachigaeru」。 |
| | 打錯電話了。 | 🈯 かけ間違いですよ。<br>kakemachigai desu yo<br>📖 動詞「かけ間違える／kakekachigaeru」可名詞化成「かけ間違い／kakemachigai」。 |

∩ 154.mp3

| | | |
|---|---|---|
| | 不好意思，打錯了。 | すいません、間違えました。<br>suimasen, machigaemashita |
| ↑ | 李先生現在出去了嗎？ | ただ今、李は席を外していますが。<br>tadaima, ri- wa seki o hazushiteimasu ga |
| | 現在，李先生不在。 | 今、李は留守ですが。<br>ima, ri- wa rusu desuga |
| | 打擾一下，請問是不是佐藤先生的家？ | あの、ちょっとお聞きしますが佐藤さんのお宅でしょうか。<br>ano, chotto okiki shimasuga satousan no otaku deshouka |
| ↑ | 喂，你是不是佐藤先生？ | もしもし、佐藤さんでしょうか。<br>moshimoshi, satousan deshouka |
| | 是，這是佐藤。 | はい、佐藤ですが。<br>hai, satou desuga |
| ↑ | 說晚了，我是M出版社的陳先生。 | 申し遅れました。私、M出版社の陳と申します。<br>moushiokuremashita.watakushi, emushuppansha no chin to moushimasu |
| | 啊，可以找鈴木課長嗎？ | あの、鈴木課長お呼びいただけますか。<br>ano, suzukikachou oyobiitadakemasuka |
| ↑ | 我去叫他，請稍等一下。 | 今お呼びしますので、そのままお待ちください。<br>ima oyobishimasu node, sonomama omachi kudasai |
| ↑ | 他出去了一下，讓他回來後給你電話。 | 今、席を外してますので折り返しお電話いたします。<br>ima, seki o hazushitemasunode orikaeshi odenwa itashimasu |

🎧 155.mp3

⬆ 請問您是哪位？
失礼ですが、どちら様でしょうか。
shitsurei desuga, dochirasama deshouka

⬆ 請問，您是哪位？
🔵 恐れ入りますが、どちら様でしょうか。
osore irimasuga, dochirasama deshouka

⬆ 麻煩一下，大概幾點回來？
恐れ入りますが、何時ごろお帰りになりますか。
osore irimasuga, nanji goro okaeri ni nartimasuka

⬆💬 現在外出了。
今、外出しておりますが。
ima, gaishutsu shiteorimasuga

⬆ 緊急的話，請打手機吧。
緊急でしたら、ケータイのほうにおかけください。
kinkyuu deshitara, ke-tai no hou ni okake kudasai

⬆ 好久很久以前告訴我的傳呼機號碼，現在還在用嗎？
だいぶ前に教えてもらったポケベル番号しかないんですが、まだお持ちでしょうか。
daibu mae ni oshietemoratta pokeberu bangou shika nain desuga, mada omochi deshouka

不，好像已經解約了。
いいえ、解約されたようですよ。
iie, kaiyau sareta you desu yo

因為雜音太多，聽得不太清楚。
雑音が多くて、よく聞き取れないんですが。
zatsuon ga ookute, yoku kikitorenain desuga

🎧 156.mp3

| | |
|---|---|
| 不好意思，請說大聲一點。 | すいません、もう少し大きな声でお願いします。<br>suimasen, mousukoshi ookina koe de onegaishimasu |
| 什麼？請再說一遍。 | 類 はい？もう一度お願いします。<br>hai？mouichido onegaishimasu<br><br>📖 「什麼？」可以說成「何ですか／nan desuka？」、「何と言いましたか／nan to iimashitaka」（你說什麼？）。 |
| ⬆ 因為現在在地鐵裏，下一個站下車後給你打電話。 | いま、地下鉄の中なので次の駅で降りてからかけ直します。<br>ima, chikatetsu no naka nanode tsugi no eki de oritekara kakenaoshimasu |
| 👥♂ 啊，終於打通了。 | あぁ、やっと繋がった。<br>aa, yatto tsunagatta |
| 💬 一直在打，但都是通話中。 | さっきからずっとかけているんだけど、ずっと通話中で。<br>sakki kara zutto kakereirundakedo, zutto tsuuwachuu de |
| ⬆ 讓您久等了。我是總務課的山本。 | お待たせいたしました。総務課の山本です。<br>omatase itashimashita. soumuka no yamamoto desu |
| 現在好像線路繁忙。 | 今、回線が込み合っているようですね。<br>ima, kaisen ga komiatte iru you desu ne |
| 通話中。 | 電話中です。<br>denwachuu desu |

🎧 157.mp3

| | | |
|---|---|---|
| ⬆ | 請別掛，稍等一下。 | そのまま、お切りにならずにお待ちください。<br>sonomama, okiri ni narazu ni omachi kudasai |
| | 信號接通了，可是<br>對方一直不接。 | 信号は届いてるんですが、なかなか出ないん<br>です。<br>shingou wa todoite rundesu ga, nakanaka<br>denain desu |
| | 等一段時間再打吧。 | 少し待ってから、またかけ直しましょう。<br>sukoshi matte kara, mata kakenaoshimashou |
| ⬆ | 這裏是一一〇，有<br>什麼事？ | こちらは１１０番ですが、どうなさいまし<br>た？<br>kochira wa hyakutooban desuga,<br>dounasaimashita<br>▊ 一一〇是日本的報警電話號碼。 |
| ⬆ | 聽不清楚，不好意<br>思請再打一次來。 | 電話が遠くてよく聞こえないので、恐れ入<br>りますがもう一度おかけ直しください。<br>denwa ga tookute yoku kikoenainode,<br>osoreirimasuga mouichido okakenaoshi<br>kudasai |
| 👥 ♂ | 電話打不通。可能<br>在修理電話線吧。 | 電話がかからないなあ。電話線の工事中かな。<br>denwa ga kakaranainaa.denwasen no<br>koujichuu kana |
| 👥 ♂ | 不知怎麼了，電話<br>打不通。 | どうしたんだろう、電話が繋がらない。<br>doushitandarou, denwa ga tsunagaranai |
| 👥 💬 | 可能是颱風的關係。 | 台風のせいかも。<br>taihuu no seikamo |

🎧 158.mp3

| | | |
|---|---|---|
| 這台公眾電話的燈沒亮，不能用電話卡。 | この公衆電話、ランプが消えてますよ。<br>テレホンカードは使えません。<br>kono koushuudenwa, ranpu ga kietemasuyo.<br>terehonka-do wa tsukaemasen | |

| | |
|---|---|
| 這台電話，能不能打國際電話？ | この電話、国際電話繋がりますか。<br>kono denwa, kokusaidenwa tsunagarimasuka |

| | |
|---|---|
| 💬 電話卡裏面沒有錢，所以可能通話中突然暫停。 | テレカの残高がないので、通話の途中で切れてしまうかもしれません。<br>tereka no zandaka ga nainode, tsuuwa no tochuu de kirete shimau kamo shiremasen |

| | |
|---|---|
| ↑ 謝謝您的電話。這裏是某某百貨商店服務台。 | お電話ありがとうございます。○○百貨店サービスカウンターでございます。<br>odenwa arigatou gozaimasu.marumaru hyakkaten sa-bisukaunta- de gozaimasu |

| | |
|---|---|
| 請打電話轉告我。 | 私に電話くれるように伝えてもらえませんか。<br>watashi ni denwa kureru youni tsutaete moraemasenka |

| | |
|---|---|
| ↑ 有沒有什麼留言？ | 何か伝言はございますか。<br>nanika dengon wa gozaimasuka |

| | |
|---|---|
| ↑ 請問，你要打電話到哪裏啊？ | あのう、どちらにおかけになりましたか。<br>anou, dochira ni okake ni narimashitaka |

🎧 159.mp3

| | | |
|---|---|---|
| ⬆ | 喂，我是川村，您是哪位？ | はい。川村ですが、どちら様でしょうか。<br>hai, kawamuwa desuga, dochirasama de shouka |
| ⬆ | 謝謝關照。我是東京的木村。 | いつもお世話になっております。東京の木村です。<br>itsumo osewa ni natteorimasu.toukyou no kimura desu |
| ⬆ | 不好意思，好久沒見了。 | どうもご無沙汰いたしております。<br>doumo gobusata itashiteorimasu |
| | 打擾一下，請轉內線零零二號。 | あの、内線の００２番をお願いします。<br>ano, naisen no zerozeroniban o onegai shimasu |
| | 喂，是服務台嗎？ | もしもし、あのそちらサービスカウンターでしょうか。<br>moshimoshi, ano sochira sa-bisukaunta-deshouka |
| ⬆ | 那麼一回去就給你打電話，請告訴我你的姓名和電話號碼。 | では戻り次第お電話を差し上げますので、お名前とお電話番号をお願いします。<br>dewa modorishidai odenwa o sashiagemasu node, onamae to odenwabangou o onegai shimasu |
| | 不，請轉告我打過電話來就行了。 | いいえ、私から電話があったことだけ伝えておいてくだされば結構です。<br>iie, watashi kara denwa ga attekoto dake tsutaete oite kudasareba kekkou desu |

🎧 160.mp3

| | |
|---|---|
| 不好意思，打電話來是關於平時交易的事。 | すいません、例の取引の件でお電話したんですが。<br>suimasen, rei no torihiki no ken de odenwa shitan desuga |
| 關於修理的問題，打這個號碼對嗎？ | 修理の問い合わせなんですが、この番号で合ってますか。<br>shuuri no toiawasenan desuga, kono bangou de atte masuka |
| ↑ 那麼，請告訴我您的手機號碼。 | では、ケータイの番号教えていただけますか。<br>dewa, ke-tai no bangou oshiete itadake masuka |
| 現在通話方便嗎？ | いま、通話大丈夫ですか。<br>ima, tsuuwa daijoubu desuka |

# 5.4 唱歌

🎧 161.mp3

| | |
|---|---|
| 你喜歡什麼樣的歌？ | どんな歌が好きですか。<br>donna uta ga suki desuka |
| 什麼歌都喜歡。 | ● どんな歌でも好きです。<br>donna uta demo suki desu |
| 喜歡跳舞音樂。 | ダンスミュージックが好きです。<br>dansumyu-jikku ga suki desu |
| 我喜歡舊歌。 | 古い歌が好きです。<br>furui uta ga suki desu |
| 我對外國音樂有興趣。 | 外国の歌に興味があります。<br>gaikoku no uta ni kyoumi ga arimasu |
| 英文歌對學習英語有好處。 | 英語の歌は、英語の勉強になっていいですね。<br>eigo no uta wa, eigo no benkyou ni natte ii desune |
| 聽歌是我生活的一部份。 | 歌は私の生活の一部になってますよ。<br>uta wa watashi no seikatsu no ichibu ni natte masu yo |
| 會經常唱卡啦OK嗎？ | よくカラオケに行きますか。<br>yoku karaoke ni ikimasuka |
| 對我來說是解除壓力的其中一個方法。 | 僕にとっては、ストレス解消法の一つです。<br>boku ni tottewa, sutoresukaishouhou no hitotu desu |
| 不知道為什麼，可是唱歌讓人快樂。 | なんだか歌っていると楽しくなりますよね。<br>nandaka utatteiruto tanoshiku narimasu yone |

🎧 162.mp3

| | | |
|---|---|---|
| 為了學中文，經常聽中國歌。 | 中国語の勉強のために、よく中国の歌を聴くんですよ。 chuugokugo no benkyou no tame ni, yoku chuugoku no uta o kikun desu yo | |
| 非常喜歡廣東歌。 | 広東語の歌が大好きです。 kantongo n outa ga daisuki desu | |
| 當歌手好不好？ | 歌手になったらどう。 kashu ni nattara dou | |
| 興趣是做音樂。 | 趣味で音楽やってます。 shumi de ongaku yatte masu | |
| 參加樂團是興趣的一部份。 | バンド組んでるんですが、趣味の一環としてですよ。 bando kunderun desuga, shumi no ikkan to shite desuyo | |
| 最好能以音樂來維持生活。 | 音楽で食べていければ、それにこしたことないですが。 ongaku de tabeteikereba, sore ni koshitakoto nai desuga | |
| 我無聊的時候，經常去唱歌。 | 私はつまらない時に、よく歌いに行きます。 watashi wa tsumaranai toki ni, yoku utai ni ikimasu | |
| 一唱歌，就能忘掉討厭的事情。 | 歌っていると、嫌なこともすぐに忘れちゃいます。 utatteiru to, iya na koto mo sugu ni wasure chaimasu | |

🎧 163.mp3

| | |
|---|---|
| 非常喜歡韓國的歌曲。尤其是跳舞音樂，拍子一快就自然跳起舞來。 | 韓国語の歌が大好きです。特にダンスミュージック、テンポが速くて自然に踊りだしてしまいます。<br>kankokugo no uta ga daisuki desu. toku ni dansumyu-jikku, tempo ga hayakute shizen ni odoridashite shimaimasu |
| 雖然不擅長跳舞，但非常喜歡唱歌。 | ダンスは苦手ですが、歌うことは大好きです。<br>dansu wa negate desuga, utau koto wa daisuki desu |
| 當着大家面的話，會不好意思臉紅。 | みんなの前では、恥ずかしくて赤くなってしまいます。<br>minna no mae dewa, hazukashikute akakunatte shimaimasu |
| 不喝酒唱不了歌啊。 | 酒が入らないと歌えませんよ。<br>sake ga hairanai to utaemasen yo |
| ↓♂ 你的聲音不錯，一定能唱得一手好歌。 | 君いい声してるから、きっと歌上手いだろうね。<br>kimi ii koe shiterukara, kitto uta umai daroune |
| 經常去卡啦OK的話，誰都自然會能唱得一手好歌。 | カラオケに通ってれば、誰だって自然に歌が上手くなりますよ。<br>karaoke ni kayottereba, daredatte shizen ni uta ga umaku narimasu yo |
| 我喜歡一邊唱歌，一邊跳舞。 | 私は歌いながら踊るのが大好き。<br>watashi wa utainagara odoru noga daisuki |

164.mp3

| | |
|---|---|
| 這首歌，在哪裏聽過。 | この歌、どこかで聴いたことがあります。<br>kono uta, dokoka de kiita koto ga arimasu |
| ♂ 你絕對能當歌手啊。 | 君、歌手になれるよ。<br>kimi, kashu ni nareru yo |
| 有沒有喜歡的歌手？ | 好きな歌手がいますか。<br>suki na kashu ga imasuka |
| 很討厭在卡啦 OK 聽別人唱歌。 | カラオケで、人が歌うのを聴くのは嫌なもんですね。<br>karaoke de, hito ga utau noo kiku nowa iya na mon desune |
| 是嗎？但我很喜歡。 | そうですか、私は結構好きですけど。<br>soudesuka, watashi wa kekkou suki desukedo |
| 擅長的人會很擅長，但不擅長的人始終都是不擅長吧。 | 上手は人は上手なんですが、下手な人はやっぱり下手ですからね。<br>jouzu na hito wa jouzu desuga, heta na hito wa heta desukarane |
| 父母喜歡音樂，所以家裏有很多唱片。 | 親が音楽好きで、家はレコードだらけですよ。<br>owa ga ongakuzuki de, ie wa reko-do darake desuyo |
| 學生時代的偶像是誰？ | 学生時代のアイドルは誰でしたか。<br>gakuseijidai no aidoru wa dare deshitaka |
| 經常用 mp3 聽音樂。 | よくMP3で音楽を聴きますよ。<br>yoku emupi-suri- de ongaku o kikimasuyo |

🎧 165.mp3

| | |
|---|---|
| 最近很少買 CD。 | 最近はあまりＣＤを買うことはなくなりました。<br>saikin wa amari shi-di- o kaukoto wa nakunarimashita |
| 上網下載音樂聽。 | インターネットでダウンロードして聴いてます。<br>inta-netto de daunro-doshite kite masu |
| 最近唱片點變少了。 | 最近はＣＤショップが少なくなりましたね。<br>saikin wa ci-di-shoppu ga sukunaku narimashitane |
| 因為沒有電腦，所以租碟回家後用唱機複製。 | 私はパソコンを持っていないので、レンタルしてダビングしてます。<br>watashi wa pasokon o motteinai node, rentaru shite dabingu shite masu |
| 雖然喜歡聽，可是不擅長唱歌。 | 聴くのは好きなんですが、歌うのは苦手なんですよ。<br>kiku nowa suki nan desuga, utau nowa negate nan desu yo |
| 因為我是個五音不全的音癡。 | 音痴ですからね。<br>onchi desukarane |
| 因為非常喜歡唱歌，所以有時一個人去卡啦OK。 | 歌うのが大好きで、時々一人でもカラオケボックスに行きます。<br>utau no ga daisuki de, tokidoki hitori demo karaokebokkusu ni ikimasu |
| 聽動畫歌學日語。 | アニメソングで日本語の勉強してます。<br>animesongu de nihongo o benkyou shite masu |

165

🎧 166.mp3

| | |
|---|---|
| 💬 最近迷上舊時的動畫歌。 | 最近、古いアニソンにハマってるんですよ。<br>saikin, furui anison ni hamatterun desu yo |
| 不太喜歡聽演歌。 | 演歌はあまり好きじゃあないですね。<br>enka wa amari suki jaanai desu ne |
| 那是索尼的 WALKMAN 吧。在聽什麼歌？ | それ、ウォークマンですね。何聴いてるんですか。<br>sore, wo-kuman desune.nani kiterun desuka |
| 非常喜歡 RAP，但當然我不會唱。 | ラップが大好きですが、もちろん僕には歌えませんよ。<br>rappu ga daisuki desuga, mochiron boku ni wa utaemasen yo |
| 西方的音樂，因為聽不懂他們說什麼，所以完全不知道是什麼意思，可是卻經常會聽。 | 洋楽って、何言ってるのかさっぱり意味が分かりませんが、それでもよく聴きます。<br>yougakutte, nani itteru noka sappari imi ga wakarimasen ga, soredemo yoku kikimasu |

語法 5　**過去文（否定）**

## 名詞

名詞（名字・職業・年齡・性別・人・東西等）＋では（じゃ）ありませんでした

| | |
|---|---|
| 彼は高校時代、真面目な生徒ではありませんでした。（真面目な生徒） | 學生年代的他不是個認真的學生。 |
| 私が専攻したのは中国語じゃありませんでした。（中国語） | 我專攻的不是中文。 |
| ドラえもんの体の色は本来、青ではありませんでした。（青） | 多啦 A 夢原本不是藍色的。 |

## 形容詞

　な形容詞　原型（辞典形）＋では（じゃ）ありませんでした。

| | |
|---|---|
| 始めて日本に来たときは日本語が上手ではありませんでした。（上手） | 初初來日本的時候不擅長日本語。 |
| 洗濯する前は、こんなにきれいじゃありませんでした。（きれい） | 拿去洗之前並沒有那麼光鮮。 |
| ３０年前はこんなに賑やかじゃありませんでした。（賑やか） | 三十年前沒有那麼繁榮。 |

　い形容詞　原型（－い）＋くありませんでした（くなかったです）

| | |
|---|---|
| 仕事を始めたばかりの頃は忙しくありませんでした。（忙しい） | 開始工作的時候沒有那麼忙。 |
| 初級クラスの時は難しくありませんでした。（難しい） | 上初級班的時候一點也不忙。 |

167

# 動詞

### 1 類動詞　原型（u → i）＋ませんでした

| | |
|---|---|
| 試合に負けても泣きませんでした。<br>（泣く naku → naki） | 雖然輸了比賽也沒有哭。 |
| お金がなかったので何も買いませんでした。<br>（買う kau → kai） | 沒有錢所以什麼都沒有買。 |
| 昨日は忙しくて音楽を聞きませんでした。<br>（聞く kiku → kiki） | 昨日很忙沒有聽音樂。 |

### 2 類動詞　原型（－る）＋ませんでした

| | |
|---|---|
| 留学するのがいくら難しくても<br>諦めませんでした。<br>（諦める akirameru → akirame） | 留學有多麼困難都不放棄。 |
| 定年になるまで会社を辞めませんでした。<br>（辞める yameru → yame） | 適齡退休前都不會向公司辭職。 |
| この時計は、思い出の品なので壊れても捨てませんでした。（捨てる suteru → sute） | 這個時鐘含有美好的回憶，所以壞了也不丟棄。 |

### 3 類動詞（する・来る）

| | |
|---|---|
| 彼等は愛し合ってましたが、どういうわけか結婚しませんでした。（結婚する） | 雖然他們真心相愛，但都是沒有結婚。 |
| 夫婦喧嘩が絶えませんでしたが、結局離婚しませんでした。（離婚する） | 雖然夫妻間爭拗不斷，但都是沒有離婚。 |
| いつまで待っても来ませんでした。（来る） | 怎麼等都是沒有來。 |

## 地道竅訣 5

除掉「ら」的話語

語言是隨着時代變化的，像是流行語的出現和消失，某些地方發生的音調變化，外地的方言風行全國，好些外國話語作為外來語不知不覺登上詞典等等。近年學者集中討論的其中一個現象就是除掉「ら」的話語。

除掉「ら」的話語究竟是什麼呢？就是表現語的「られる」的「ら」不被發音的口語用法，從昭和時代初期開始已經出現。

「（ら）れる」有被動、尊敬、可能的三個的使用用法，但是除掉「ら」的話語只可以表示可能的意思。

例如「食べる」的「（ら）れる」型的「食べられる」看看。

不把「ら」拔掉的「食べられる」是帶有被動 / 尊敬 / 可能的三個意思，可是把「ら」除掉後的「食べれる」，只能表現可能的意思。

但是，連續劇，電影，動畫也會説「食べることができる（能吃）」，這裏的意思是表現吃的可能性，就是除掉「ら」的話語「食べれる」。這使得這種説話方式以年輕人為中心廣泛傳播及使用。相反，聽到「食べられる」，反而會聯想到「被獅子吃掉」的被動表現。

想一想，「吃」的可能型可以用「食べることができる（能吃）」，尊敬形也可以用「お召し上がりになる」，但是被動形只可以用「食べられる」而已，因此一聽到「られる」，就聯想「被動形」是理所當然的事。

嚴謹的情況下，現在標準日語情況下的錯誤，至少 NHK 放送（日本國營電視台）和報紙上是不會出現的。學者之間亦以「搞亂語言規則」，「應該被作為正式的語法」對立成贊成和反對兩方面的意見。

但因為出現頻率很高，所以值得注意除掉「ら」的話語這個問題。

# 第6章

# 食店

# 6.1 餐廳

🎧 172.mp3

| | | |
|---|---|---|
| | 歡迎光臨本餐廳。 | 当レストランへようこそ。<br>tou resutoran e youkoso |
| | 歡迎光臨。 | ようこそ、いらっしゃいませ。<br>yuukoso, irasshaimase |
| ⬆ | 您有訂座嗎？ | ご予約は、なさいましたか。<br>goyoyaku wa nasaimashitaka |
| | 我是昨天打電話預約過的山木先生。 | 昨日、電話で予約した山木ですが。<br>kinou, denwade yoyakushita yamaki desuga |
| ⬆ | 這邊是你們的座位。 | こちらが、お席になります。<br>kochira ga, oseki ni narimasu |
| ⬆ | 要吸煙嗎？ | おタバコはお吸いになりますか。<br>otabako wa osui ni narimasuka |
| ⬆ | 座位馬上準備好，請先在這邊稍等一下。 | まもなく、お席をご案内いたしますのでこちらでお待ちください。<br>mamonaku, oseki o goannai itashimasu node kochira de omachi kudasai |
| ⬆ | 如果是櫃檯座位的話，現在就能準備。 | カウンターのお席でよろしければ、すぐにご案内できますが。<br>kaunta- no oseki de yoroshikereba, sugu ni goannai dekimasuga |
| ⬆ | 請在這裏寫上人數和姓名後等一下。 | こちらに人数とお名前をご記入してお待ちください。<br>kochira ni ninzuu to onamae o gokinyuu shite omachi kudasai |

🎧 173.mp3

| | | |
|---|---|---|
| ⬆ | 幾位？ | 何名様でしょうか。<br>nammaisama de shouka |
| 💬 | 可以的話，希望可以坐窗邊的座位。 | できれば、窓側のテーブルにして欲しいんですが。<br>dekireba, madogawa no te-buru ni shite hoshiin desuga |
| ⬆ 💬 | 不好意思，那邊是已預留的座位。 | 申し訳ありません。あちらのお席は予約席になっておりまして。<br>moushiewake arimasen. achira no oseki wa yoyakuseki ni natteorimashite |
| ⬆ | 給您菜單。 | こちらがメニューになります。<br>kochira ga menyu- ni narimasu |
| ⬆ | 那麼，決定好的時候請按這個按鈕。 | では、お決まりになりましたら、このボタンを押してください。<br>dewa, okimari ni narimashitara, kono botan o oshite kudasai |
| ⬆ | 需不需要煙灰缸？ | 灰皿はお使いになりますか。<br>haizara wa otsukai ni narimasuka |
| | 這裏有點窄，能不能換個闊一點的座位？ | ちょっと狭いんで、もっと広いテーブルの席に替えてもらえませんか。<br>chotto semainde, motto hiroi te-buru no seki ni kaetemoraemasenka |
| | 這個優惠券，能用嗎？ | このサービス券、使えますか。<br>kono sa-bisuken, tsukaemasuka |

174.mp3

| | |
|---|---|
| 用這卡，有折扣嗎？ | このカードで割引きになるんですか。<br>kono ka-do de waribiki ni narun desuka |
| 請給我冰水。 | あの、お冷やください。<br>ano, ohiya kudasai |
| 請加水。 | 水のお代わり、お願いします。<br>mizu no okawari, onegai shimasu |

# 6.2 點菜

| | |
|---|---|
| 想點些什麼？ | 何にしましょうか。<br>nani ni shimashouka |
| 有沒有想吃的菜？ | 何か食べたいものがありますか。<br>nanika tabetaimono ga arimasuka |
| 有沒有不喜歡吃的東西？ | 苦手なものはありますか。<br>nigate na mono wa arimasuka |
| 因為敏感，所以不能吃海鮮。 | アレルギーがあって、海鮮がダメなんです。<br>arerugi- ga atte, kansen ga damenan desu |
| 要什麼喝的東西？ | 飲み物は何がいいですか。<br>nomimono wa nani ga ii desuka |
| 套餐包括咖啡或者紅茶吧。 | セットには、コーヒーか紅茶が付くんですね。<br>setto niwa, ko-hi- ka koucha ga tsukun desu ne |
| 我不能吸收咖啡因，所以兩者都不行。 | 私はカフェインが苦手なので、どちらも飲めません。<br>watashi wa kafein ga negate nanode, dochira mo nomemasen |
| 因為有湯，所以不需要飲品。 | スープがあるので、ドリンクはいらないです。<br>su-pu ga arunode, dorinku wa iranai desu |
| 我想點凍咖啡。 | 私は、アイスコーヒーがいいです。<br>watashi wa, aisuko-hi- ga ii desu |
| 不好意思，想點菜。 | すいません、注文お願いします。<br>suimasen, chuumon onegai shimasu |

| 這店的招牌菜是什麼？ | この店の看板料理はなんですか。<br>kono mise no kanbanryouri wa nan desuka |
| 不辣的就好。 | 辛くないものがいいです。<br>karakunai mono ga ii desu |
| 因為我是伊斯蘭教徒，所以不能吃豬肉。 | 私はイスラム教徒なので、豚肉は食べられません。<br>watashi wa isuramukyouto nanode, butaniku wa taberaremasen |
| 我是吃素的，只有蔬菜的料理就好。 | 私はベジタリアンですから、野菜料理がいいです。<br>watashi wa bejitarian desukara, yasairyouri ga ii desu |
| 米飯請給大碗的。 | ライスは大盛りでお願いします。<br>raisu wa oomori de onegai shimasu |
| ⬆ 麵包和米飯，哪一個比較好呢？ | パンとライスと、どちらになさいますか。<br>pan to raisu to, dochira ni nasaimasuka |
| ⬆ 甜食是晚飯後拿過來比較好吧？ | デザートは、食後にお持ちいたしましょうか。<br>deza-to wa, shokugo ni omochi itashimashouka |
| 我也要一樣的。 | 私も同じものをお願いします。<br>watashi mo onaji mono o onegai shimasu |
| 👥 ♂ 💬 我也要那個。 | ⑩僕もそれ。<br>boku mo sore |

請給我芝士粉和
TABASCO。

粉チーズとタバスコ、お願いします。
konachi-zu to tabasuko, onagai shimasu

📖 TABASCO（タバスコ）是外國流行的辣醬。

沙律是免費任添的？

サラダはお代わり自由ですか。
sarada wa okawari jiyuu desuka

⬆ 是的，在那邊的沙律吧
添多少次都可以。

● はい、あちらのサラダバーで何度でもどう
ぞ。
hai, achira no saradaba- de nando demo zouzo

要牛扒套餐。

ステーキセット、お願いします。
ste-kisetto, onegai shimasu

⬆ 醬汁有日式和西式的，
您要哪一種？

ソースは和風と洋風、どちらになさいます
か。
so-su wa wafuu to youfuu, dochira ni
nasaimasuka

💬 那麼，要日式的。

● じゃあ、和風で。
jaa, wafuu de

⬆ 肉的燒烤程度呢？

お肉の焼き方はどうなさいますか。
oniku no yakikata wa dounasaimasuka

想要半熟的。

● レアでお願いします。
rea de onegai shimasu

這菜是辣的嗎？

この料理は辛いですか。
kono ryouri wa karai desuka

之後可能會點甜品，請
放下一個餐牌。

後でデザートを注文するかもしれないの
で、一つメニュー置いといてください。
atode deza-to o chuumon surukamo shirenai
node, hitotsu menyu- oitoite kudasai

# 6.3 結帳

🎧 178.mp3

| 請問在哪裏結帳？ | あの、会計はどちらでするんですか。<br>ano, kaikei wa dochira de surun desuka |
|---|---|
| ⬆ 在那邊的櫃檯。 | 💬 あちらのカウンターでお願いします。<br>achira no kaunta- de onegai shimasu |
| ⬆ 有沒有這店的會員卡？ | 当店のメンバーズカードはございますか。<br>touten no menba-zuka-do wa gozaimasuka |
| ⬆ 是免費的，想做一張嗎？ | 無料となっておりますが、お作りしましょうか。<br>muryou to natteorimasuga, otsukuri shimashouka |
| 入會費多少錢？ | 入会金はいくらですか。<br>nyuukaikin wa ikura desuka |
| 入會費／年費全免。 | 💬 入会金・年会費共に無料です。<br>nyuukaikin/nenkaihi tomo ni muryou desu |
| 結帳就能存積分了。 | お会計ごとにポイントが増えます。<br>okaikei goto ni pointo ga fuemasu |
| 積分怎麼用？ | 💬 ポイントは、どうやって使うんですか。<br>pointo wa douyatte tsukaun desuka |
| ⬆ 積分可以換免費午飯券等的禮物。 | 💬 ポイントごとに、ランチ無料券などのプレゼントがございます。<br>pounto goto ni, ranchimuryouken nado no purezento ga gozaimasu |

🎧 179.mp3

| | |
|---|---|
| 這優惠券能用嗎？ | この割引券使えますか。<br>kono waribikiken tsukaemasuka |
| ⬆ 不好意思。已經過了有效日期，所以不能用。 | 💬 申し訳ございません。有効期限が過ぎておりますのでお使いになれません。<br>moushiwakegozaimasen. yuukoukigen a sugite orimasunode otsukai ni naremasen |
| ⬆ 一共 2310 日元。 | 合計２３１０円になります。<br>goukei nisensanbyakujuuen ni narimasu |
| 請問，不是 2100 日元嗎？ | あの、２１００円じゃないんですか。<br>ano, nisenhyakuen janain desuka |
| ⬆💬 不好意思。這價錢包括了深夜附加費。 | 申し訳ありません。ただいまの時間帯は深夜料金が付加されますので。<br>moushiwakearimasen. tadaima no jikantai wa shin'yaryoukin ga fuka saremasu node |
| 不，不需要小費。 | 💬 いいえ、あの…チップは不要ですが。<br>iie, ano, chippu wa fuyou desuga |
| 👥♂ 不用找零錢了，給你。 | おつりはいいよ。とっといて。<br>otsuri wa iiyo. tottoite |
| ⬆ 那麼，我放進這募捐箱。 | 💬 それでは、こちらの募金箱に寄付させていただきます。<br>soredewa, kochira no bokinbako ni kifusasete itadakimasu |
| 可以逐個人分開結帳嗎？ | 一人ずつ別々に会計できますか。<br>hitorizutu betsubetsu ni kaikei dekimasuka |
| ⬆ 謝謝光臨。 | ご来店ありがとうございました。<br>goraiten arigatou gozaimashita |

# 6.4 味道

🎧 180.mp3

| | |
|---|---|
| 非常好吃。 | とてもおいしいです。<br>totemo oishii desu |
| 好吃嗎？ | お口に合いますか。<br>okuchi ni aimasuka |
| 好吃極了。 | ほっぺがとろけるようなおいしさですね。<br>hoppe ga torokeruyouna oishisa desune |
| 有點不合口味。 | ちょっと、私の口には合いません。<br>chotto, watashi no kuchi ni wa aimasen |
| 有點過甜。 | ちょっと甘すぎますね。<br>chotto amasugimasu ne |
| 我是甜食黨，很喜歡吃甜食。 | 私は大の甘党で、甘いものが大好きです。<br>watashi wa dai no amatoude, amai mono ga daisuki desu |
| 我非常喜歡吃辣，尤其是超辣料理。 | 私は辛いものが大好きで、激辛料理が大好物です。<br>watashi wa karai mono ga daisuki de, gekikararyouri ga daikoubutsu desu |
| 喜歡吃清淡的。 | あっさりしたものが好きです。<br>assarishitamono ga suki desu |
| 💬 喜歡中國菜，可是太油膩的不喜歡。 | 中華料理が大好きですが、油っこすぎるのはちょっと。<br>chuukaryouri ga daisuki desuga, aburakkosugiru no wa chotto |

| | |
|---|---|
| 果然拉麵還是油膩派的最好吧。 | やっぱラーメンは、こってり系がいちばんです。<br>yappa ra-men wa, kotterikei ga ichiban desu |
| 我喜歡吃關西的清淡湯烏冬。 | 関西風味のあっさりスープのうどんが好きです。<br>kansaifuumi no assari su-pu no udon ga suki desu |
| 我是比較喜愛少甜的蛋糕。 | 私は、甘さ控えめのケーキにハマってます。<br>watashi wa, amasahikaeme no ke-ki ni hamattemasu |
| 外國啤酒怎麼樣？ | 外国のビールはどうですか。<br>gaikoku no bi-ru wa dou desuka |
| 非常喜歡。日本啤酒太刺激了，不喜歡。 | 大好きです。日本のビールは刺激が強いので苦手です。<br>daisuki desu. nihon no bi-ru wa shigeki ga tsuyoinode nigate desu |
| 不吃米飯嗎？ | お米は食べないんですか。<br>okome wa tabenain desuka |
| 我不太喜歡吃白飯。 | あまり白いご飯は好きじゃないんです。<br>amari shiroigohan wa sukijanain desu |
| 看起來很好吃，可是卡路里有點高啊。 | おいしそうなんですけど、カロリーが高めですね。<br>oishisou nan desukedo, karori- ga takame desu ne |
| 沒味道。放點鹽吧。 | 味がないですね。塩をかけましょうか。<br>aji ga nai desune. shio o kakemashouka |

182.mp3

| | |
|---|---|
| 不要調味料，放點鹽和胡椒就好了。 | タレはいらないです。塩コショウだけでいいです。<br>tare wa iranai desu. shiokoshou surudake de ii desu |
| 這是什麼？這種令舌頭有點麻痹的辣味。 | 何ですか、これ。舌がしびれるような辛さですね。<br>nan desuka, kore. shita ga shibireruyouna karasa desu ne |
| 這種味道在中國叫「麻」，在日本沒有嗎？ | 中国では「マー」という感覚の味なんですが、日本にはないんですか。<br>chuugoku dewa "ma" to iu kankaku no aji nan desuga, nihon niwa nain desuka |
| 不喜歡吃納豆。還是不習慣。 | 納豆は苦手です。どうも慣れません。<br>nattou wa nigate desu. doumo naremasen |
| 梅乾太鹹了。真的對身體好嗎？ | 梅干って、しょっぱ過ぎますよね。ホントに体にいいんですか。<br>umebosshitte, shoppasugimasuyone. honto ni karada ni iin desuka |
| 沒有偏好。什麼都吃。 | 好き嫌いはありません。何でも食べます。<br>sukikirai wa arimasen. nan demo tabemasu |

# 6.5 飲食

🎧 183.mp3

| | |
|---|---|
| 喜歡吃生的東西嗎？ | 生ものは好きですか。<br>namamono wa suki desuka |
| 真想什麼時候吃一次地道的中國菜。 | いつか本場の中華料理を食べてみたいです。<br>itsuka honba no chuukaryouri o tabete mitai desu |
| 💬 去北京，一定要吃北京烤鴨。 | 北京に行ったら、北京ダックを食べないと。<br>pikin ni ittara, pekindakku o tabenaito |
| 日本的餃子和中國的不一樣啊。 | 日本の餃子は、中国のと違いますね。<br>nihon no gyouza wa, chuugoku noto chigaimasu ne |
| 在中國餃子一般是指水餃。 | 中国では、普通餃子と言ったら水餃子のことです。<br>chuugoku dewa, futsuu gyouza to ittara suigyouza no koto desu |
| 在中國沒有鍋貼嗎？ | 中国に焼き餃子はないんですか。<br>chuugoku ni yakigyouza wa nain desuka |
| 聽說在中國有很多奇特的料理。 | 中国にはゲテモノ料理が多いんですってね。<br>chuugoku niwa getemonoryouri ga ooin desutte ne |
| 狗和蛇的料理都有嗎？ | 犬や蛇の料理もあるんですか。<br>inu ya hebi no ryouri mo arun desuka |

🎧 184.mp3

| | |
|---|---|
| 我喜歡飲茶。 | 私はヤムチャが大好きです。<br>watashi wa yamucha ga daisuki desu |
| 在日本的中國菜，跟中國的不一樣。 | 日本の中華料理って、中国のとは違いますね。<br>nihon no chuukaryouri tte, chuugoku no towa chigaimasu ne |
| 天津飯是什麼？雖然天津是我的故鄉，但沒有這樣的東西。 | 天津飯ってなんですか。私の故郷は天津ですが、そんなものないです。<br>tenshinhantte nan desuka. watashi no furusato wa tenshin desuga, sonnamono nai desu |
| 真的嗎？天津飯是芙蓉蟹蓋飯。 | 🗨️本当ですか。天津飯とは蟹玉をかけたご飯ものですよ。<br>hontou desuka. tenshinhan towa kanitama o kaketa gohanmono desu yo |
| 這料理該怎麼做？ | これはどうやって調理するんですか。<br>kore wa douyartte chouri surun desuka |
| 微波爐加熱就行了。 | 🗨️電子レンジでチンするだけでいいですよ。<br>denshirenji de chinsurudake de ii desu yo |
| 這醃菜很鹹，請一點點伴飯吃。 | この漬物はしょっぱいですから、少しずつご飯と一緒に食べてください。<br>kono tsukemono wa shoppai desukara, sukoshizutsu gohan to issho ni tabete kudasai |

| | | |
|---|---|---|
| 👥 | 啊，餓了。 | あー、お腹すいた。<br>a-, onakasuita |
| 👥 ♀ | 肚子餓了。 | 🔵 もうお腹がぺこぺこよ。<br>mou onaka ga pekopeko yo |
| 👥 ♂ | 肚子餓了。 | 🔵 腹へったなあ。<br>hara hetta naa |
| 👥 ♂ | 餓極了，肚子在響。 | 🔴 あんまりお腹がすいたもんだから腹の虫が鳴いてるよ。<br>am mari onaka ga suita mon dakara hara no mushi ga naiteru yo |
| | | 📘 在日本肚子餓肚在響表現「腹の虫が鳴く／hara no mushi ga naku」（肚子裏的蟲子鳴叫）。 |

| | |
|---|---|
| 日本芥辣不要添太多。 | あまりワサビはつけすぎないほうがいいですよ。<br>amari wasabi wa tsukesuginai hou ga ii desu yo |
| 未變冷前快吃吧。 | 冷めないうちに食べましょう。<br>samenai uchi ni tabemashou |
| 去喝茶吧。 | ちょっとお茶でもしませんか<br>chotto ocha demo shimasenka |
| 下班後喝酒怎麼樣？ | 会社帰りに一杯いかがですか。<br>kaishagaeri ni ippai ikaga desuka |
| 💬 那麼，只喝一杯啤酒吧。 | 💬 じゃあ、ビール一杯だけ。<br>jaa, bi-ru ippai dake |
| 甜品吃什麼？ | デザートは何にしましょうか。<br>deza-to wa nani ni shimashouka |
| 之後去小酒館喝酒吧。 | 次は居酒屋で飲みましょうか。<br>tsugi wa izakaya de nomimashou ka |

185

🎧 186.mp3

| | |
|---|---|
| 好久沒去了，去酒吧怎麼樣？ | 久しぶりにバーにでも行きましょうか。<br>hisashiburi ni ba- ni demo ikimashouka |
| 不如去我經常去的酒吧。 | 私の行きつけのバーへ行きましょう。<br>watashi no ikitsuke no ba- e ikimashou |
| 有一枝威士忌寄存在店。 | ボトルキープしているウイスキーがあるんですよ。<br>botoruki-pu shiteiru uisuki- ga arun desu yo |
| 在屋台（日式的排檔）喝一點吧。 | 屋台で軽く飲んで行きましょうか。<br>yatai de karuku nondeikimashouka |
| 今天我請你。 | 今日は私がおごりますよ。<br>kyou wa watashi ga ogorimasu yo |
| 紅酒和白酒，哪個比較好？ | 赤ワインと白ワイン、どっちがいいですか。<br>akawain to shirowain, docchi ga ii desuka |
| 餐後要點葡萄酒嗎？ | 食後のワインでも頼みましょうか。<br>shokugo no wain demo tanomimashouka |
| 要一杯混了水的烈酒。 | 水割り一杯お願いします。<br>mizuwari ippai onegaishimasu |
| 💬 我要雙份的。 | 僕はダブルで。<br>boku wa daburu de |

| | | |
|---|---|---|
| | 我要混合咖啡。 | ブレンドコーヒーお願いします。<br>burendoko-hi- onegaishimasu |
| 💬 | 我要美式的。 | あの、私はアメリカンで。<br>ano, watashi wa amerikan de |
| | 要放多少糖？ | 砂糖はおいくつですか。<br>satou wa oikutsu desuka |
| | 我要黑咖啡。 | ブラックで飲みます。<br>burakku de nomimasu |
| | 可以添咖啡嗎？ | コーヒーのお代わりできますか。<br>ko-hi- no okawari dekimasuka |
| | 今天是週末，不如暢飲一番吧？ | 今日は週末だから、はしご酒しましょうか。<br>kyou wa shuumatsu dakara, hashigozake shimashouka |
| 👥♂ | 在去另外的店吧。 | もう一軒行こう！<br>mou ikken ikou |
| | 宴會完了後去什麼地方消遣？ | 2次会はどうしましょうか？<br>nijikai wa doushimashouka |
| 👥 | 最後還是去攤子吃拉麵吧。 | 締めは屋台でラーメンかな。<br>shime wa yatai de ra-men kana |

187

語法 6　**意向形**

表示「號召」、「建議」、「自言自語」等的意向。
動詞之內有意志動詞和無意志動詞。
正面的意向形是「意志動詞」，負面的是「無意志動詞」。

「意志動詞」是表示意志的動詞。
「無意志動詞」是表示沒有意志的動詞。
「意向形」用的是「意志動詞」。

## 意向形（普通形）

### 1 類動詞　原型（u → o）＋う

| | |
|---|---|
| 遅刻しそうだ。もう少し急ごう。<br>（急ぐ isogu → isogo） | 會遲到的，應該着緊一點。 |
| まだ、みんな集まってないからもう少し待とう。<br>（待つ matsu → mato） | 人還沒有到齊，請再等一下。 |
| 学校内で生活するほうが便利だから、学生寮に住もう。（住む sumu → sumo） | 因為在學校裏生活很方便，所以不如住學生宿舍吧。 |

### 2 類動詞　原型（－る）＋よう

| | |
|---|---|
| 暑いから窓を開けよう。（開ける） | 好熱，打開窗戶吧。 |
| 朝ごはんの時間だから起きよう。（起きる） | 到早餐時間了，起來吧。 |
| 今日はいっぱい汗をかいたから、シャワーを浴びよう。（浴びる） | 因為今日出了一身汗，所以淋個浴吧。 |

### 3 類動詞（する・来る）

| | |
|---|---|
| 明日はテストだから復習しよう。（復習する） | 明天測驗，溫習吧。 |
| 疲れたから、ちょっと休憩しよう。<br>（休憩する） | 很疲倦，休息一下吧。 |

## 意向形（禮貌形）

### 1 類動詞　原型（u → i）＋ましょう

| | |
|---|---|
| 遅刻<ruby>ちこく</ruby>しそうです。もう少<ruby>すこ</ruby>し急<ruby>いそ</ruby>ぎましょう。<br>（急<ruby>いそ</ruby>ぐ isogu → isogi） | 這樣會遲到的，請趕快一點。 |
| まだ、みんな集<ruby>あつ</ruby>まってないので待<ruby>ま</ruby>ちましょう。<br>（待<ruby>ま</ruby>つ matsu → machi） | 人還沒有到齊，請等一下。 |

### 2 類動詞　原型（ーる）＋ましょう

| | |
|---|---|
| 暑<ruby>あつ</ruby>いから窓<ruby>まど</ruby>を開<ruby>あ</ruby>けましょう。（開<ruby>あ</ruby>ける） | 好熱，請打開窗戶吧。 |
| 朝<ruby>あさ</ruby>ごはんの時間<ruby>じかん</ruby>ですから起<ruby>お</ruby>きましょう。<br>（起<ruby>お</ruby>きる） | 到早餐時間了，請起來吧。 |
| 今日<ruby>きょう</ruby>はいっぱい汗<ruby>あせ</ruby>をかいたので、シャワーを浴<ruby>あ</ruby>びましょう。（浴<ruby>あ</ruby>びる） | 因為今日出了一身汗，所以請淋個浴吧。 |

### 3 類動詞（する・来<ruby>く</ruby>る）

| | |
|---|---|
| 明日<ruby>あした</ruby>はテストがあるので復習<ruby>ふくしゅう</ruby>しましょう。<br>（復習<ruby>ふくしゅう</ruby>する） | 明天測驗，請溫習吧。 |
| 疲<ruby>つか</ruby>れたので、ちょっと休憩<ruby>きゅうけい</ruby>しましょう。<br>（休憩<ruby>きゅうけい</ruby>する） | 很疲倦，請休息一下吧。 |

參考

### 意志動詞：表示意志的動詞。

動<ruby>うご</ruby>く ugoku（動）　歌<ruby>うた</ruby>う utau（唱）　笑<ruby>わら</ruby>う warau（笑）　運<ruby>はこ</ruby>ぶ hakobu（搬運）　見<ruby>み</ruby>る miru（看）　迎<ruby>むか</ruby>える mukaeru（迎接）　出発<ruby>しゅっぱつ</ruby>する shuppatsusuru（出發）　勉強<ruby>べんきょう</ruby>する benkyou suru（學習）　来<ruby>く</ruby>る kuru（來）　持<ruby>も</ruby>って<ruby>く</ruby>る mottekuru（拿來）等

### 「無意志動詞」不能表示意志的動詞。

治<ruby>なお</ruby>る naoru（痊癒）　乾<ruby>かわ</ruby>く kawaku（幹）　冷<ruby>ひ</ruby>える hieru（變冷）　混<ruby>こ</ruby>む komu（混雜）　汚<ruby>よご</ruby>れる yogoreru（髒）　点<ruby>つ</ruby>く tsuku（點着）　故障<ruby>こしょう</ruby>する koshou suru（故障）等

# 地道竅訣 6　「すみません」的用法

我有時候覺得代表日本語的不是「こんにちは / konnichiwa（你好）」、「さよなら / sayonara（再見）」，而是「すみません / sumimasen」。

用漢字表示「済みません」。比較不公式和簡單一點的是「すいません」。過去式是「すみませんでした / sumimasendeshita」，還有關西地方（大阪周圍）的方言是「すんません / summasen」、「すんまへん / summahen」。這些「すみません」或者「すいません / sumimasen」在各種各樣的場面、情況都能聽到。

各種詞典的解釋包括「表示謝罪和感謝的意義的問好語」、「是『すまない（不好意思）』的禮貌語」、「對對方道歉 / 感謝 / 拜託的時候用」。

道歉的意義很強。基本型的「すまない」是「澄む / sumu（清澈，澄清）」的否定語，就是「心理不舒暢」的意思。

現在主要用於三種語境。

1. 像「ごめんなさい（道歉）。」一般具抱歉的意思。

例：「どうも、すみません（很對不起）。」

「この前はひどいこと言（い）ってすまなかったね（那時候說了過份的話，對不起）。」

2. 具「感謝」的意思。

例：「お忙しいところおいで頂いどうもすみません（這麼忙也抽空光臨，十分感謝）。」

「席をお譲りしていただいて、どうもすみませんね（要把座位讓我，謝謝）。」

3. 具「拜託」的意思。

例：「あの、すみませんが、そこのペンを取ってもらえますか（不好意思，請給我那支筆）。」

「すまないけど、小銭貸してくれないかな（打擾一下，能借我零錢嗎？）。」

另外，在餐廳、咖啡廳叫服務員的時候，在商店叫店員的時候也常用。比如「あの、すみません（啊，打擾一下）」、「すいませーん！（不好意思！）」、「ちょっとすいません（請問一下）」、「すいませんが聞きたいことがあります（不好意思，我想問一下）」。

由於本來具有道歉的意思，因此表現感謝的時候使用，例如「こんな素晴らしいプレゼントをして頂いて、どうもすいません（給我這麼好的禮物，很感謝）」和「出費をさせてしまって申し訳ない（讓你出錢，不好意思）」就有更深一層的意思現拜託的「すみませんが、そこの新聞を取ってください（打擾停，請那裏的報紙拿給我）」也同時包括「私のために労力を使わせてしまって申し訳ない（讓你為了我費力，實在抱歉）」的意思，因此不能説跟「ありがとう（謝謝）」、「お願いしたいことがある（有事想拜託你）」完全一樣。

這是感謝同時心中抱歉的意思，很有表現含糊的日本人的風格吧。這是非常日式的表達方式。

# 第7章

# 旅行

# 7.1 訂票

🎧 192.mp3

| | |
|---|---|
| 💬 我想訂票。 | 切符を予約したいのですが。<br>kippu o yoyaku shitaino desuga |
| 不好意思，售票處在哪？ | すみません。チケット売り場はどこですか。<br>sumimasen. chikettouriba wa doko desuka |
| 想訂兩張到羽田機場的票。 | 羽田空港までのチケットを2枚予約したいんですが。<br>hanedakuukou made no chiketto o nimai yoyakushitain desuga |
| 想訂二十號到東京的票。 | 20日の東京行きを予約したいんですが。<br>hatsuka no toukyou iki o yoyaku shitain desuga |
| 可以訂票嗎？ | チケットの予約できますか。<br>chiketto no yoyaku dekimasuka |
| 有沒有本週末出發的票？ | 今週末出発のチケットありますか。<br>konshuumatsu shuppatsu no chiketto arimasuka |
| 我想訂到東京站的票。 | 東京駅までの切符を予約したいのですが。<br>toukyou made no kippu o yoyaku shitaino desuga |
| 還有沒有臥鋪票？ | まだ寝台車の切符はありますか。<br>mada shindaisha no kippu wa arimasuka |

🎧 193.mp3

| | |
|---|---|
| ↑ 請問幾位？ | 何名様ですか。<br>nammeisama desuka |
| ↑ 一位嗎？ | 類 お一人様ですか。<br>ohitorisama desuka<br>📖 「一人／hitori」的尊敬語是「お一人様／ohitorisama」。 |
| 到哪裏？ | どちらまでですか。<br>dochiramade desuka |
| ↑ 打算什麼時候出發？ | いつ、ご出発のご予定でしょうか。<br>itsu, goshuppatsu no goyotei deshouka |
| ↑ 有上午出發，也有下午出發的。 | 午前便と午後便がございますが。<br>gozenbin to gogobin ga gozaimasuga |
| 我要經濟的座位。 | エコノミーでお願いします。<br>ekonomi- de onegai shimasu |
| 請再確認一下定預訂的內容。 | 予約の再確認をお願いします。<br>yoyaku no saikakunin o onegai shimasu |
| ↑ 什麼時候出發？ | いつお発ちになりますか。<br>itsu otachi ni narimasuka |
| ↑ 不好意思，已經沒有今天出發的。 | 申し訳ありませんが、今日出発はもうございません。<br>moushiwake arimasen ga, kyou shuppatsu wa mou gozaimasen |

🎧 194.mp3

---

⬆ 不好意思，臥鋪票已經賣完了。

申し訳ありませんが、寝台車の切符は売り切れてしまいました。

**moushiwake arimasen ga, shindaisha no kippu wa urikirete shimaimashita**

⬆ 💬 不好意思，沒有座位了。

🉑 申し訳ございませんが、もう席が残っておりませんので…

**moushiwake gozaimasenga, mou seki ga nokotte orimasennode**

📘 拒絕（不行）的時候，通常不會把全句說完。我們很少說「それはだめです／sore wa damedesu」（那不行），反而常說：「それはちょっと…／sore wa chotto…」（那有點……）。

---

⬆ 💬 有一些商務艙的票。

ビジネスクラスに多少空きがございますが。

**bijinesukurasu ni tashou aki ga gozaimasuga**

⬆ 頭等席，指定席都滿座了。

グリーン席・指定席共に満席状態です。

**guri-nseki/shiteiseki tomoni mansekijoutai desu**

⬆ 只有自由席。

自由席のみとなります。

**jiyuuseki nomi to narimasu**

📘 「自由席」即沒有指定的座位。

---

我想更改預約內容。

予約を変更したいんですが。

**yoyaku o henkou shitain desuga**

💬 有沒有到關西機場的直航票？

関空までの直行便がありますか。

**kankuu made no chokkoubin ga arimasuka**

🎧 195.mp3

| | | |
|---|---|---|
| | 頭等艙也沒座位嗎？ | ファーストクラスも満席ですか。<br>fa-sutokurasu mo manseki desuka |
| ↑💬 | 要等有座位被取消。 | キャンセル待ちとなりますが。<br>kyanserumachi to narimasuga |
| ↑ | 查一下，可以稍等一下嗎？ | ちょっと調べてみますので、少々<br>お待ちいただけますか。<br>chotto shirabetemimasunode, shoushou omachi itadakemasuka |
| ↑ | 頭等席的話還有。 | グリーン席なら、ございます。<br>guri-nseki nara, gozaimasu |
| ↑ | 頭等有一個位空出來。 | 🐵 ファーストクラスに一席空きがございます。<br>fa-sutokurasu ni isseki aki ga gozaimasu<br><br>📖 火車的頭等席是「グリーン席」，飛機的頭等席是「ファーストクラス」，商務席是「ビジネスクラス／bijinesukurasu」。 |
| ↑ | 打擾你，請填寫在這裏。 | お手数おかけいたしますが、こちらにご記入ください。<br>otesuu okakeitashimasuga, kochira ni gokinyuu kudasai |
| ↑ | 三月二十二日兩個到香港的經濟客位是嗎？ | 3月22日の香港行きエコノミークラスお2人様ですね。<br>sangatsu nijuuninichi no honkon iki ekonomi-kurasu ofutarisama desu ne |

196.mp3

| ⬆ | 今日下晝兩點十五分到熊本的臥鋪票一張，對嗎？ | 本日、午後2時15分発熊本までの寝台車一枚ですね。<br>honjitsu, gogo niji juugofun hatsu kumamoto made no shindaisha ichimai desu ne |
|---|---|---|
| ⬆ 💬 | 無論如何都要明日出發的話，只有等取消的座位。 | どうしても明日お発ちになるのでしたら、キャンセル待ちしかありませんが…。<br>doushitemo asu atachi ni naruno deshitara, kyanserumachi shika arimasenga… |
| ⬆ 💬 | 是兩位嗎？不好意思，指定席只有一張，所以… | 2名様ですか。申し訳ございませんが、指定席は1枚しか残っていませんので…。<br>nimeisama desuka. moushiwake gozaimasenga, shiteiseki wa ichimaishika nokotte imasen node… |

# 7.2 訂房

| | | |
|---|---|---|
| 💬 | 我想訂房。 | 部屋を予約したいのですが。<br>heya o yoyakushitai no desuga |
| | 有沒有房間？ | 部屋空いてますか。<br>heya aitemasuka |
| | 您需要什麼樣的房間？ | どのようなお部屋がよろしいですか。<br>donoyouna oheya ga yoroshii desuka |
| ⬆ | 幾位？ | 何名様でしょうか。<br>nammeisama de shouka |
| | 一個單人房。 | シングルを一部屋。<br>shingurur o hitoheya |
| | 想訂雙人房。 | ツインルームを予約したいのですが。<br>tsuinru-mu o yoyakushitai no desuga |
| | 想訂兩個小雙人房。 | セミダブルの部屋を２つお願いします。<br>semidaburu no heya o futatsu onegai shimasu |
| | 兩個單人房轉成一個雙人房，好嗎？ | ツインを一つに、シングルを２つお願いできますか。<br>tsuin o hitotsu ni, shinguru o futatsu onegai dekimasuka |
| | 我要禁煙的房間，好嗎？ | 禁煙部屋でお願いできますか。<br>kin'enbeya de onegai dekimasuka |
| | 什麼時候過來住呢？ | いつお泊りになりますか。<br>itsu otomari ni narimasuka |

🎧 198.mp3

| | |
|---|---|
| 下週五起兩晚。 | 来週の金曜から２泊です。<br>raishuu no kinyou kara nihaku desu |
| 我打算 18 號過一晚。 | １８日に一泊の予定です。<br>juuhachinichi ni ippaku no yotei desu |
| ⬆ 明白了。您打算下個月的 10 號起住兩晚吧。 | かしこまりました。来月の１０日から２泊<br>されるご予定ですね。<br>kashikomarimashita. raigetsu no tookakara<br>nihaku sarerugoyotei desu ne |
| ⬆ 我來查一查空房間的狀況，請稍等。 | 空き状況をお調べいたしますので、<br>少々お待ちください。<br>akijoukyou o oshirabeitashimasu node, shoushou<br>omachi kudasai |
| 您打算幾點入住？ | チェックインは何時からですか。<br>chekkuin wa nanjikara desuka |
| 退房時間是幾點？ | 類 チェックアウトの時間は何時までですか。<br>chekkuauto no jikan wa nanjimade desuka<br>📖 入住是「チェックイン」（check in），退<br>房是「チェックアウト」（check out），都<br>用外來語。 |
| 有沒有日式房間？ | 和室の部屋はありますか。<br>washitsu no heya wa arimasuka |
| 住宿費要多少錢？ | 宿泊料金はいくらですか。<br>shukuhakuryoukin wa ikura desuka |
| ⬆ 單人房一晚 8000 日元。 | シングルは１泊８０００円でございます。<br>shinguru wa ippaku hassen en de gozaimasu |

| 包早餐的話 9000 日元。 | ちょうしょくつき<br>朝食付きで９０００円です。<br>**choushokutsuki de kyuusenen desu** |
|---|---|
| ↑ 一位 6800 日元。 | ⑱ ひとり さま<br>お一人様６８００円でございます。<br>ohitorisama rokusenhappyakuen de gozaimasu |
| ↑ 連税一晚 5250 日元。 | ⑱ ぜいこ　　いっぱくごせんにひゃくごじゅうえん<br>税込みで一泊５２５０円でございます。<br>zeikomi de ippaku gosennihyakugojuuen de gozaimasu |
| | 📖 「税込み」的反義詞是「税抜き／zeinuki」（不包括稅金）。 |
| 然後，另外要加 5%的稅金。 | ごパーセント べっとぜい<br>それから、５％別途税がかかります。<br>**sorekara, gopa-sento betto zei ga kakarimasu** |
| 另外加 10%的服務費。 | ⑱ じゅっパーセント　　　　りょう　かさん<br>それから、１０％のサービス料が加算されます。<br>sorekara, juppa-sento no sa-bisuryou ga kasan saremasu |
| | 📖 「かかります」可以換「加算されます」。 |
| 週五週六收比平時貴 20%的週末價格。 | きんようび　どようび　　しゅうまつりょうきんにじゅっパーセントま<br>金曜日と土曜日は、週末料金２０％増しになります。<br>**kin'youbi to doyoubi wa, shuumatsuryoukin nijuppa-sentomashi ni narimasu** |
| ↑ 下午三時起可以入住房間。 | ごご　さんじ<br>チェックインは、午後３時からでございます。<br>**chekkuin wa, gogo sanjikara de gozaimasu** |
| ↑ 上午 10 點前要退房。 | ⑱ ごぜん　じゅうじ<br>チェックアウトは、午前10時までとなっております。<br>chekkuauto wa, zogen juuji made to natte orimasu |
| | 📖 表示規律等的禮貌語是「となっております」。簡單一點可以用「でございます／de gozaimasu」和「です／desu」。 |

**199**

# 7.3 住房

🎧 200.mp3

| | |
|---|---|
| 是在網上預約過的王先生。 | ネットで予約した王ですが。<br>netto de yoyakushita ou desuga |
| ⬆ 預約電話幾多號？ | ご予約番号は何番でございますか。<br>goyoyakubangou wa namban de gozaimasuka |
| 是之前預約過的周先生。 | 先日予約した周です。<br>senjitsu yoyakushita shu-desu |
| ⬆ 啊，是從香港大駕光臨的周先生，已等待你好些時間了。 | 🗨 ええと、香港からいらっしゃった周様ですね。お待ちしておりました。<br>eeto, honkon kara irasshatta shu-sama desune. omachishite orimashita |
| 預約了的房間是單人的對嗎？ | ご予約されたお部屋は、シングルで間違いないですね。<br>goyoyakusareta oheya wa shinguru de machigainai desu ne |
| 預約的時候是雙人房，但請幫我轉成兩個單人房。 | ツインで予約したんですが、シングルを二部屋に変更できますか。<br>tsuin de yoyaku shitan desuga, shinguru o futaheya ni henkou dekimasuka |
| ⬆ 知道了。請在這些地方填上必需的資料。 | かしこまりました。ではこちらに必要事項をご記入ください。<br>kashikomarimashita. dewa kochira ni hitsuyoujikou o gokinyuu kudasai |

| | | |
|---|---|---|
| ⬆ | 不好意思，名字請用羅馬字表記。 | 恐れ入りますが、お名前はローマ字表記でご記入願います。<br>osoreirimasuga, onamae wa r o-majihyouki de gokinyuu negaimasu |
| ⬆ | 不好意思，請簽名確認。 | 恐れ入りますが、こちらに確認のサインをお願いします。<br>osoreirimasuga, kochira ni sain o onegaishimasu |
| ⬆ | 不好意思，想看客人你的護照。 | 大変恐縮ですが、お客様のパスポートを拝見させていただきます。<br>taihen kyoushuku desuga, okyakusama no pasupo-to o haiken sasete itadakimasu |
| ⬆ | 不好意思，想確認一下身份證。 | 🔄 恐れ入りますが、身分証を確認させていただけますか。<br>osoreirimasuga, mibunshou o kakunin sasete itadakemasuka<br><br>📙「拝見させていただきます」是禮貌性地「確認一下」。「確認させていただけますか」即是請求確認，意思是「可以確認一下嗎？」 |
| | 這裏有門限嗎？ | 門限はありますか。mongen wa arimasuka |
| ⬆ | 沒有，我們 24 小時都有接待員在，請安心外出。 | 💬 いいえ、24時間係員が待機しておりますのでご安心してお出かけください。<br>iie, nijuuyojikan kakariin ga taiki shite orimasunode, goanshinshite odekake kudasai |
| ⬆ | 客人的房間是二樓二十六號室。 | お客様のお部屋は2階の26号室でございます。<br>okyakusama no oheya wa nikai no nijuuroku goushitsu de gozaimasu |

| | |
|---|---|
| 能把貴重品留在這裏嗎？ | 貴重品を預かってもらえますか。<br>kityouhin o azukatte moraemasuka |
| ⬆ 早餐是自助餐形式的。 | 朝食はバイキングになっております。<br>choushoku wa baikingu ni natte orimasu |
| 這是房間的卡匙。 | こちらが、お部屋のカードキーです。<br>kochira ga, oheya no ka-doki- desu |
| ⬆ 鎖匙在外出時請留在接待處。 | キーは、お出かけ時にフロントにお預けください。<br>ki- wa, odekake ji ni furonto ni oazuke kudasai |
| ⬆ 這是早餐券，適用時間是六點半到九點。 | こちらが朝食券です。お時間は6時半から9時までです。<br>kochira ga choushokuken desu. ojikan wa rokujihan kara kuji made desu |
| ⬆ 食堂在三樓。 | 食堂は3階にございます。<br>shokudou wa sangai ni gozaimasu |
| ⬆ 有什麼需要，請打到接待處。 | 何かご要望等がございましたら、フロントまでお電話ください。<br>nani ka goyouboutou ga gozaimashitara, furonto made odenwa kudasai |
| ⬆ 行李請放到這裏。 | お荷物はこちらでお預かりいたします。<br>onimotsu wa kochira de oazukari itashimasu |

🎧 203.mp3

| | | |
|---|---|---|
| ⬆ | 咖啡室在左手的方向。 | 喫茶店は、左手の方向にございます。<br>kissaten wa, hidarite no houkou ni gozaimasu |
| ⬆ | 大澡堂在地庫一樓。 | 大浴場は地下一階にございます。<br>daiyokujou wa chika ikkai ni gozaimasu |
| ⬆ | 行李一會兒就會送到你那處。 | お荷物は後ほど、お届けにあがります。<br>onimotsu wa nochihodo otodoke ni agarimasu |
| | 升降機在手信售賣處的旁邊。 | エレベーターは、お土産コーナーのすぐ隣です。<br>erebe-ta-wa, omiyageko-na- no sugu tonari desu |
| | 遊戲機場在賣場的旁邊。 | ゲームコーナーは、売店の向かい側です。<br>ge-muko-na wa, baiten no mukaigawa desu |

# 7.4 退房

🎧 204.mp3

| | |
|---|---|
| 不好意思，想退房。 | すいません。チェックアウトお願<sub>ねが</sub>いします。<br>suimasen. chekkuaoto onegai shimasu |
| ⬆ 不好意思，請確認一下。 | 恐<sub>おそ</sub>れ入<sub>い</sub>りますが、確認<sub>かくにん</sub>させていただきます。<br>osoreirimasuga, kakunin sasete itadakimasu |
| ⬆ 總共 12800 日元。 | トータルで１２８００円<sub>いちまんにせんはっぴゃくえん</sub>になります。<br>to-taru de ichimannisenhappyakuen ni narimasu |
| ⬆ 那麼，請在這裏簽名。 | では、こちらにサインをお願<sub>ねが</sub>いします。<br>dewa, kochira ni sain o onegaishimasu |
| 要收據嗎？ | 領収書<sub>りょうしゅうしょ</sub>もらえますか。<br>ryoushuusho moraemasuka |
| ⬆ 不具名的收據可以嗎？ | お名前<sub>なまえ</sub>は上様<sub>うえさま</sub>でよろしいでしょうか。<br>onamae wa uesama de yoroshii deshouka |
| ⬆ 這是收據。 | こちらがレシートになります。<br>kochira ga reshi-to ni narimasu |
| ⬆ 用過房間服務吧。 | ルームサービスをご利用<sub>りよう</sub >になられましたね。<br>ru-musa-bisu o goriyou ni nararemashita ne |
| 500 日元零錢。 | ５００円<sub>ごひゃくえん</sub>のおつりです。<br>gohyakuen no otsuri desu 500 |

| | |
|---|---|
| ↑ 2000日元的禮品返回的收據。 | ２０００円のお返しに、レシートになります。<br>nisen'en no okaeshi ni, reshi-to ni narimasu |
| 機場巴士什麼時候出發？ | 空港バスは何時に出発しますか。<br>kuukoubasu wa nanji ni shuppatsushimasuka |
| ↑ 很快就到，請在候車室稍等。 | ●まもなく参りますので、待合室でもう<br>少々お待ちください。<br>mamonaku mairimasu node, machiaishitsu de moushoushou omachi kudasai |
| 接送的巴士什麼時候來？ | 送迎バスは、いつ来ますか。<br>sougeibasu wa, itsu kimasuka |
| ↑ 15分鐘內到。 | ●１５分おきに出ております。<br>juugofun oki ni deteorimasu |
| 車站前的豪華巴士車站在別館前面。 | 駅前行きのリムジンバス乗り場は別館前です。<br>ekimae iki no rimujinbasunoriba wa bekkanmae desu |
| 傍晚會回來的，可以把行李放下嗎？ | 夕方戻りますので、この荷物預かってもらえますか。<br>yuugata modorimasu node, kono nimotsu azukatte moraemasuka |
| ↑ 明白了，貴重物的話可以。 | かしこまりました。貴重品はございますか。<br>kashikomarimashita. kichouhin wa gozaimasuka |
| ↑ 已經準備了，拿着這號碼紙一下。 | お預かりいたします。この番号札をお持ちください。<br>oazukari itashimasu. kono bangoufuda o omochi kudasai |

🎧 206.mp3

| | |
|---|---|
| ↑ 謝謝，有機會請再光臨。 | ありがとうございました。またお越しくださいませ。<br>arigatou gozaimashita. mata okoshi kudasaimase |
| ↑ 非常感謝，時刻期待你再光臨。 | 🔘 どうもありがとうございました。またのお越しを心よりお待ちいたしております。<br>doumo arigatou gozaimashita. mata no okoshi o kokoro yori omachi itashite orimasu |
| 因為要出去一下，可以把袋代為保存嗎。 | ちょっと出かけますので、トランクを預かってもらえますか。<br>chotto dekakemasu node, toranku o azukatte moraemasuka |
| 的士站在哪？ | タクシー乗り場はどこですか。<br>takushi-noriba wa doko desuka |
| 有點趕急，可不可以幫我叫的士？ | 急いでいるので、タクシーを呼んでもらえませんか。<br>isoideiru node, takushi- o yonde moraemasenka |
| ↑ 有點趕急，不如叫的士吧。 | お急ぎでいたら、タクシーをお呼びしましょうか。<br>oisogi deshitara, takushi- o oyobi shimashouka |
| ↑ 快要到機場了，請等一下。 | 空港までですね。少々お待ちください。<br>kuukou made desune. shoushou omachi kudasai |
| 豪華巴士的票哪裏有賣？ | リムジンバスの切符は、どこで売ってますか。<br>rimujinbasu no kippu wa, doko de utte masuka |

🎧 207.mp3

---

⬆ 會在車上賣，所以請先乘車。

車内で販売してますので、先にご乗車ください。

**shanai de hambai shite masunode, saki ni gojousha kudasai**

---

巴士五六分鐘後到。

バスは後5，6分で来ると思います。

**basu wa ato go, roppun de kuru to omoimasu**

---

巴士會走這條捷徑嗎？

この近くに路線バスが通ってますか。

**kono chikaku ni rosenbasu ga tootte masuka**

不好意思，這條捷徑巴士是不走的。

💬 恐れ入りますが、この付近に路線バスは通っていません。

osoreirimasuga, kono fukin ni rosenbasu wa tootte imasen

---

這裏禁止吸煙。

ここでタバコを吸ってもいいですか。

**koko de tabako o suttemo ii desuka**

啊，有火柴嗎？

🔄 あの、マッチありますか。

ano, macchi arimasuka

📖 「あの（需要的東西）ありますか。」其他的例子如：「あの、ビール（bi-ru啤酒）ありますか。」、「あの、タバコ（tabako香煙）ありますか。」

---

⬆💬 對不起，大堂禁止吸煙。

💬 申し訳ありませんが、ロビーは禁煙となっておりますので…。

moushiwake arimasenga, robi- wa kinen to natte orimasu node

---

⬆ 對不起，吸煙請到那邊的吸煙房。

恐れいりますが、おタバコはあちらの喫煙ルームでお願いします。

**osoreirimasuga, otabako wa achira no kitsuenru-mu de onegai shimasu**

---

🎧 208.mp3

| | | |
|---|---|---|
| | 請用信用卡付款。 | 支払いはクレジットカードでお願いします。<br>shiharai wa kurejittoka-do de onegai shimasu |
| | 可以用美金嗎？ | ドルは使えますか。<br>doru wa tsukaemasuka |
| 🔼💬 | 對不起，本酒店只接受現金付款。 | 申し訳ありませんが、当ホテルは現金のみの支払いとなっておりますので…。<br>moushiwake arimasen ga, touhoteru wa genkinnomi no shiharai to natte orimasu node |
| 🔼 | 這張卡的話可以用。 | こちらのカードでしたら取り扱っております。<br>kochira no ka-do deshitara toriatsukatte orimasu |
| 🔼💬 | 不好意思，你的卡不能使用。 | 申し訳ありませんが、こちらのカードはお取り扱いできませんので…<br>moushiwake arimasenga, kochira no ka-do wa otoriatsukai dekimasen node |
| | 旅遊支票可以用嗎？ | トラベラーズチェックでもいいですか。<br>torabera-zuchekku demo ii desuka |
| | 可以使用銀聯卡嗎？ | 銀連カードは使えますか。<br>ginrenka-do wa tsukaemasuka |

# 7.5 觀光

🎧 209.mp3

| | |
|---|---|
| 入場票多少錢？ | 入場券はいくらですか。<br>nyuujouken wa ikura desuka |
| 有沒有學生優惠票？ | 学生割引はありますか。<br>gakuseiwaribiki wa arimasuka |
| ↑ 您需要幾張票？ | 何枚お買い求めでしょうか。<br>nammai okaimotome deshouka |
| ↑ 要買學生優惠票，就要出示學生證。 | 学割チケットのお買い求めには、学生証の提示が必要になります。<br>gakuwarichiketto no okaimotome niwa, gakuseishou no teiji ga hitsuyou ni narimasu |
| 十五個人可以以團體優惠入場？ | 15人ですが、団体料金で入れますか。<br>juugonin desuga, dantairyoukin de hairemasuka |
| 給我兩張入場票。 | 入場券2枚ください。<br>nyuujouken nimai kudasai |
| 旅遊資訊處在哪裏？ | 観光案内所は、どこにありますか。<br>kankouannaijo wa, doko ni arimasuka |
| 博物館幾點開門？ | 博物館は何時からですか。<br>hakubutsukan wa nanji kara desuka |
| 聽說有懂中文的職員。 | 中国語ができる係員もいるそうですよ。<br>chuugokugo ga dekiru kakariin mo irusou desu yo |

∩ 210.mp3

| | |
|---|---|
| 幾點關門？ | 何時に閉まりますか。<br>nanji ni shimarimasuka |
| 到幾點還能進去？ | ⑱ 何時まで入館できますか。<br>nanji made nyuukan dekimasuka<br>📖 「入館できますか」可以換成「入れますか／hairemasuka」。 |
| 有沒有英文的資料？ | 英語の案内はありますか。<br>eigo no annai wa arimasuka |
| 導遊會不會英文？ | ⑱ 案内の人は、英語ができますか。<br>annai no hito wa, eigo ga dekimasuka<br>📖 「英語ができますか」可以換成「英語が話せますか／eigo ga hanasemasuka」。 |
| 可以用英文溝通哦。 | 英語も通じますよ。<br>eigo mo tsuujimasu yo |
| 這博物館的入口在哪？ | この博物館の入り口はどこですか。<br>kono hakubutsukan no iriguchi wa doko desuka |
| 裏面有洗手間嗎？ | 中にトイレはありますか。<br>naka ni toire wa arimasuka |
| 能帶相機進去嗎？ | カメラの持込みはＯＫですか。<br>kamera no mochikomi wa okke- desuka |
| ⬆ 可以帶相機進去，可是、不能用閃光燈。 | カメラの持ち込みはできますが、フラッシュは禁止されています。<br>kamera no mochikomi wa dekimasuga, furasshu wa kinshi sarete imasu |
| 單日旅遊的行程怎麼樣？ | 一日ツアーのスケジュールは、どうなってますか。<br>ichinichitsua- no sukeju-ru wa dounatte masuka |

| | | |
|---|---|---|
| | 想參加市內觀光，旅行社在哪裏？ | 市内観光に行きたいんですが、旅行社はどこにありますか。<br>shinaikankou ni ikitain desuga, ryokousha wa doko ni arimasuka |
| | 在酒店一樓。 | ホテルの1階に入ってますよ。<br>hoteru no ikkai ni haitte masuyo |
| ↑ 💬 | 如果有行程表，能給我嗎？ | スケジュール表があったら、いただきたいんですが。<br>sukeju-ruhyou ga attara, itadakitain desuga |
| 💬 | 我想要懂中文的導遊。 | 中国語でガイドを頼みたいんですが。<br>chuugokugo de gaido o tanomitain desuga |
| 💬 | 可以的話會廣東話的導遊更好。 | できれば広東語ができるガイドさんがいいんですが。<br>dekireba kantongo ga dekiru gaidosan ga iin desuga |
| | 那麼，請準備會普通話的導遊。 | では、北京語ができるガイドさんをお願いします。<br>dewa, pekingo ga dekiru gaidosan o onegai shimasu |
| | 這個行程，一個人可以參加嗎？ | このツアーは、一人でも参加できますか。<br>kono tsua- wa, hitori demo sanka dekimasuka |
| | 想申請明日的巴士觀光。 | 明日のバスツアーに申し込みしたいんですが。<br>ashita no basutsua- ni moushikomi shitain desuga |

🎧 212.mp3

| | | |
|---|---|---|
| ⬆ | 明日早上八點半出發，請提前 10 分鐘到大廳。 | 明日の朝8時半に出発しますので、10分前までにロビーにお集まりください。<br>asu no asa hachijihan ni shuppatsu shimasunode, juppunmae made ni oatsumari kudasai |
| ⬆ | 那麼，現在出發。請上那邊的巴士。 | それでは、出発いたします。あちらのバスにご乗車ください。<br>soredewa, shuppatsu itashimasu. achira no basu ni gojousha kudasai |
| ⬆ | 那麼，在這裏休息 30 分鐘。 | では、こちらで30分間の休憩になります。<br>dewa, kochira de sanjuppunkan no kyoukei ni narimasu |
| ⬆ | 請趁現在上洗手間。 | 今のうちにお手洗いをご利用ください。<br>ima no uchi ni otearai o goriyou kudasai |
| | 今晚的遊輪觀光還接受申請嗎？ | 今夜のクルージングツアーの申し込みは、まだ受け付けてますか。<br>kon'ya no kuru-jingutsua- no moushikomi wa, mada uketsukete masuka |
| ⬆ | 晚上會變冷，請準備一件上衣。 | 夜は冷え込みますので、上着を一枚ご用意ください。<br>yoru wa hiekomimasu node, uwagi o ichimai goyoui kudasai |
| ⬆ | 地板很滑，請小心。 | 足元が滑りやすくなってますので、お気をつけください。<br>ashimoto ga suberiyasuku nattemasu node, oki o tsuke kudasai |

🎧 213.mp3

| | |
|---|---|
| 那麼，現在坐巴士出發。 | それでは、これからバスで移動します。<br>soredewa, korekara basu de idoushimasu |
| 人都到齊了嗎？ | 全員集まりましたか。<br>zenin atsumarimashitaka |
| 請坐空的位子。 | 空いてるお席にお座りください。<br>aiteru oseki ni osuwari kudasai |
| 去植物園要另外買入場票。 | 植物園には、別途入場料がかかります。<br>shokubutsuen niwa, betto nyuujouryou ga kakarimasu |
| 👥 帶相機了嗎？ | ねえ、カメラ持ってきた？<br>nee, kamera mottekita |
| 👥 忘記了就來了。唯有買用完即棄相機吧。 | 💬 忘れて来ちゃったよ。使い捨てカメラを買わなくちゃ。<br>wasurete kichattayo. tsukaisutekamera o kawanakucha |
| 有沒有用完即棄相機？ | 使い捨てカメラ、ありますか。<br>tsukaisutekamera, arimasuka |
| 有具備閃光燈的和沒有閃光燈的兩種。 | 💬 フラッシュ付きと、フラッシュが付いていないタイプの二種類あります。<br>furasshutsuki to furasshu ga tsuite inai taipu no nishurui arimas |
| 菲林在哪裏賣？ | フィルムはどこで売ってますか。<br>firumu wa doko de utte masuka |
| 有沒有相機用的電池？ | カメラ用の電池は売ってますか。<br>kamera you no dekichi wa utte masuka |

| 這裏離動物園遠嗎？ | ここから動物園まで遠いですか。<br>koko kara doubutsuen made tooi desuka |
| --- | --- |
| 直通巴士在哪裏出發？ | 直通バスはどこから出てますか。<br>chokutsuubasu wa dokokara detemasuka |
| 動物園也不錯，但野生動物公園好像更好玩。 | 動物園もいいですが、サファリパークのほうがもっと面白いですよ。<br>doubutsuen mo ii desuga, safaripa-ku no hou ga motto omoshiroi desu yo |
| 用這手機能拍照嗎？ | このケータイで写真が撮れるんですか。<br>kono ke-tai de shashin ga torerun desuka |
| 錄像都能拍。 | 動画も撮影できますよ。<br>douga mo satsuei dekimasu yo |
| 那麼，回到家請給我發信息吧。 | じゃあ、帰ったらメールで送ってください。<br>jaa, kaettera me-ru de okutte kudasai |
| 在這裏拍紀念相片吧。 | ここで記念写真を撮りましょうよ。<br>koko de kinenshashin o torimashou yo |
| 那麼，拍啦。 | はーい、撮りますよ。<br>ha-i, torimasu yo |
| 👥 笑！ | 類 チーズ！<br>chi-zu<br>📖「チーズ！」不是茄子，而是芝士／奶酪的意思。 |
| 👥 笑一笑吧，笑！ | 類 笑って、はい、チーズ！<br>waratte, hai, chi-zu<br>📖「チーズ！」是英文是cheese。 |

🎧 215.mp3

| | | |
|---|---|---|
| ⬆ | 不好意思，可以幫忙拍張照片嗎？ | すいませんが、写真一枚撮ってもらえますか。<br>sumimasen ga, shashin ichimai totte moraemasuka |
| 💬 | 不知道拍得好不好看。 | ちゃんと写ってるかわかりませんが。<br>chan to utsutteruka wakarimasen ga |
| | 請再拍一張。 | もう一枚お願いします。<br>mouichimai onegai shimasu |
| 👥♂ | 這裏的景色是最好的。 | ここの景色、最高だなあ。<br>koko no keshiki, saikou danaa |
| | 真是浪漫的地方。 | ロマンチックなところですね。<br>romanchikku na tokoro desu ne |
| | 很新鮮的空氣啊。 | 空気がおいしいですね。<br>kuuki ga oishii desune |
| | 還是自然好。 | やっぱり自然はいいですね。<br>yappari shizen wa ii desu ne |
| 👥♂ | 在這樣的地方有別墅多好啊。 | こんなところに別荘があったらなあ。<br>konna tokoro ni bessou ga attara naa |
| | 把那建築物當背景拍照吧。 | あの建物を背景にして、写真を撮ってもらいましょう。<br>ano tatemono o haikei ni shite, shashin o totte moraimashou |
| 👥♂ | 哪裏是什麼地方？去看看吧。 | あそこ何だろう、行ってみよう。<br>asoko nan darou, itte miyou |
| | 很遺憾，那裏禁止出入。 | 残念、そこは立ち入り禁止になってますね。<br>zannen, soko wa tachiirikinshi ni natte masu ne |

🎧 216.mp3

| | |
|---|---|
| 我們進去這教堂吧。 | この教会に入ってみましょう。<br>kono kyoukai ni haitte mimashou |
| 免費入場啊。 | 入場無料ですよ。<br>nyuujoumuryou desu yo |
| 👥♂ 好像馬上要下雨了，早點回酒店吧。 | 雨が降りそうだから、早くホテルに帰ろう。<br>ame ga furisou dakara, hayaku hoteru ni kaerou |
| 看起來非常古老的西式建築。 | とっても古そうな洋館ですね。<br>tottemo furusouna youkan desu ne |
| 這城堡是真的嗎？ | このお城は本物ですか。<br>kono oshiro wa honmono desuka |
| 按照實物復原的。 | 実物を元にして、復元されたそうです。<br>jitsubutsu o moto ni shite, fukugen saretasou desu |
| ♀ 聽說在湖那邊有遊覽船。 | 湖に遊覧船があるんですって。<br>mizuumi ni yuuransen ga arun desutte |
| 那邊有美術館，去看看吧。 | あそこに美術館がありますね。行ってみましょうか。<br>asoko ni bijutsukan ga arimasune. itte mimashouka |
| 聽說有各式各樣的雕塑。 | いろんな彫刻があるそうです。<br>ironna choukoku ga arusou desu |
| 到國立公園乘的士的話多少錢？ | 国立公園までタクシーで、どのぐらいかかりますか。<br>kokuritsukouen made takushi- de, donogurai kakarimasuka |

| 相當寬廣啊。 | 結構広いですね。<br>けっこう ひろ<br>kekkou hiroi desu ne |
| 聽說有船到那邊的島嶼，乘船的地方在哪？ | 向こうの島まで渡し舟が出てるそうですが、乗り場はどこにありますか。<br>む こう しま わた ぶね で の ば<br>mukou no shima made watashibune ga deteru sou desuga, noriba wa doko ni arimasuka |
| 坐纜車到最高的地方吧。 | ロープウェーに乗って頂上まで行ってみましょう。<br>の ちょうじょう い<br>ro-puwe- ni notte choujou made itte mimashou |
| 啊，很漂亮的景色。 | わあ、きれいな景色ですね。<br>けしき<br>waa, kirei na keshiki desune |
| 👥 ♂ 慶幸能來到這裏。 | 来て良かったなぁ。<br>き よ<br>kite yokatta naa |
| 我想一定會再來。 | ぜひまた来たいですね。<br>き<br>zehi mata kitai desune |
| 👥 ♂ 交到女朋友的話一定要帶她來。 | 彼女ができたら絶対連れて来るぞ。<br>かのじょ ぜったいつ く<br>kanojo ga dekitara zettai tsurete kuruzo |
| 👥 賣手信的地方在哪？ | おみやげ売り場はどこかな。<br>う ば<br>omiyageuriba wa dokokana |
| 👥 我想買紀念品。 | 記念品を買いたいな。<br>きねんひん か<br>kinenhin o kaitaina |
| 👥 ♂ 💬 要買什麼東西給家人。 | 家族に何か買っていかないと。<br>かぞく なに か<br>kazoku ni nanika katte ikanaito |

## 語法 7　表示手段 / 辦法

### 交通工具

| | |
|---|---|
| バスで買い物に行きます。（バス） | 坐巴士去買東西。 |
| 飛行機で帰国します。（飛行機） | 坐飛機回國。 |
| 自転車で学校に通っています。（自転車） | 騎單車上學校。 |
| 船で旅行するつもりです。（船で） | 打算坐船去旅行。 |
| 地下鉄で家へ帰ります。（地下鉄） | 坐地鐵回家。 |
| **例外** 歩いてスーパーへ行きます。（步行是「歩いて」，不能用「で」） | 走路去超市。 |

### 工具（用具）

| | |
|---|---|
| ケータイでメッセージを送ります。（ケータイ） | 用手機發信息。 |
| 箸でご飯を食べます。（箸） | 用筷子吃飯。 |
| ボールペンで記入してください。（ボールペン） | 請用原子筆填寫。 |
| カッターで切ります。（カッター） | 用裁紙刀裁。 |
| 中華鍋で料理を作ります。（中華鍋） | 用中華鍋做菜。 |

### 言　語

| | |
|---|---|
| この単語は、中国語で何と言いますか。（中国語） | 這單詞用中文怎麼說？ |
| 学校ではクラスメートと日本語で話します。（日本語） | 在學校裏跟同學用日語說話。 |
| 英語で歌を歌うのは難しいです。（英語） | 用英語唱歌很難。 |

| 広東語<sup>かいわ</sup>で会話することができますか。<br>（広東語<sup>カントンご</sup>） | 能不能用廣東話會話？ |
| 彼<sup>かれ</sup>はよく方言<sup>ほうげん</sup>で話<sup>はな</sup>すから聞<sup>き</sup>き取<sup>と</sup>れません。<br>（方言<sup>ほうげん</sup>） | 因為他經常用方言說話，我聽不懂。 |

## 手 段

| 代金<sup>だいきん</sup>は銀連<sup>ぎんれん</sup>カードで払<sup>はら</sup>えますか。（銀連カード） | 能不能用銀聯卡付款。 |
| キャッシュでお願<sup>ねが</sup>いします。（キャッシュ） | 請用現金付。 |
| スイカで買<sup>か</sup>い物<sup>もの</sup>します。（スイカ） | 用 SUICA（JR 交通卡，類似八達通）買東西。 |
| この車<sup>くるま</sup>はローンで買<sup>か</sup>いました。（ローン） | 這汽車用貸款買的。 |
| 私<sup>わたし</sup>は海外旅行<sup>かいがいりょこう</sup>に行<sup>い</sup>ったら、よくトラベラーズチェックでショッピングします。（トラベラーズチェック） | 我去外國旅遊的時候經常用旅行支票買東西。 |

## 数 量

| 友達<sup>ともだち</sup>と2人<sup>ふたり</sup>でスキーに行<sup>い</sup>きます。（2人<sup>ふたり</sup>） | 跟朋友兩個人去滑雪。 |
| 家族<sup>かぞく</sup>4人<sup>よにん</sup>で暮<sup>く</sup>らしています。（家族<sup>かぞくよにん</sup>4人） | 一家四口生活。 |
| サッカーは1チーム11人<sup>じゅういちにん</sup>ずつ、22人<sup>にじゅうににん</sup>で試合<sup>しあい</sup>をします。（22人<sup>にじゅうににん</sup>） | 足球一隊 11 人，就是 22 個人一起參加比賽。 |
| このりんごは、4<sup>よっ</sup>つで500円<sup>ごひゃくえん</sup>です。（4<sup>よっ</sup>つ） | 這蘋果 4 個 500 日元。 |
| メロンは、2<sup>ふた</sup>つで600円<sup>ろっぴゃくえん</sup>です。（2<sup>ふた</sup>つ） | 哈密瓜 2 個 600 日元。 |
| **例外** オレンジは、1<sup>ひと</sup>つ105円<sup>ひゃくごえん</sup>です。（用 1 個的時候，不能用「で」） | 橙 1 個 105 日元。 |

**219**

## 地道竅訣 7 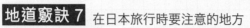在日本旅行時要注意的地方

　　儘管日本是中國的鄰國，但仍然是外國，有不同的文化和習慣。這裏要講的，走是的日本旅行時必需要注意的地方。

　　首先講關於吸煙。

　　聽説香港近年已全面禁止在公眾地方吸煙，這方面日本也差不多。日本在車站或者購物中心等設置了吸煙區域。吸煙的時候，請確認那裏可不可以吸煙。這幾年越來越多禁止吸煙的大街。各個地域也有各種各樣的條例。

　　另外，在街上雖然可以吸煙，但是不可以掉煙灰。因為會有找不到煙灰缸的狀況，所以最好隨身攜帶煙灰缸。日本的便利店也有煙灰缸出售。

　　一般進入餐廳以及咖啡店服務員都會問：「您吸不吸煙？」。因為餐廳分成吸煙座位和非吸煙的座位。在非吸煙區吸煙，或者在禁止隨地掉煙灰區隨地掉煙灰的話，可能會被罰款。要注意的是，最近禁止吸煙的咖啡店越來越多。因此最近出現了為吸煙人士而設的「可以吸煙的咖啡廳」。

　　在對火災很敏感的日本，連廁所裏都可能有煙霧感應器。所以在廁所抽煙，有可能觸發感應器，引致警鐘誤鳴，造成混亂。

　　另外，在列車、地鐵、公共汽車等公共交通工具禁止用手機的通話。雖然有點麻煩，但這是盡量不給人添麻煩的「思いやり（考慮別人）」的表現，「郷に入っては郷に従え（入郷隨郷）」的話，馬上就能習慣。

　　縱使日本給人很安全，沒有犯罪的形象，但還是有扒手、小偷、欺詐等罪案不時發生，不可以完全放鬆。

# 第8章

# 購物

# 8.1 問路

🎧 222.mp3

💬 對不起，想請問一下。　すみません。ちょっとお尋ねしますが。
sumimasen. chotto otazure shimasuga

🔼 對不起，請問一下。💬 ⓘ すみません。ちょっとお伺いしますが。
sumimasen. chotto oukagai shimasuga

🔼 請問，到池袋該怎麼走好呢？　ちょっとお聞きしたいのですが、池袋へはどう行ったらいいでしょうか。
chotto okiki shimasuga, ikebukuro ewa dou ittara ii deshouka

到銀座該怎麼走？　ⓘ 銀座へは、どう行けばいいですか。
ginza ewa, dou ikeba ii desuka

去涉谷鐵路站的路該怎麼走？　ⓘ 渋谷駅までは、どう行ったらいいですか。
shibuyaeki made wa, dou ittara ii desuka

🔼 想去中華街該怎麼走？　ⓘ 中華街へ行きたいのですが、どう行けばいいでしょうか。
chuukagai e ikitai no desuga, dou ikeba ii deshouka

秋葉原離這兒遠嗎？　秋葉原は、ここから遠いですか。
akihabara wa, koko kara tooi desuka

🔼 想去淺草應該搭幾多號巴士？　浅草へ行きたいのですが、何番のバスに乗ればいいでしょうか。
asakusa e ikihai no desuga, namban no basu ni noreba ii deshouka

🔼 的士站在哪？　タクシー乗り場はどこでしょうか。
takushi-noriba wa doko deshouka

🎧 223.mp3

| 去成田機場的豪華巴士什麼時候出發？ | 成田空港行きのリムジンバスは、何時に発車しますか。<br>naritakuukouiki no rimujimbasu wa nanji ni hassha shimasuka |
| --- | --- |
| ⬆ 地鐵站在哪？ | 地下鉄の乗り場は、どこでしょうか。<br>chikatetsu no noriba wa, doko de shouka |
| 這巴士停代代木公園嗎？ | このバスは、代々木公園で止まりますか。<br>kono basu wa, yoyogikouen de tomarimasuka |
| 這巴士停新宿貨車西口嗎？ | 📄 このバスは、新宿駅の西口まで行きますか。<br>kono basu wa, shinjukueki no nishiguchi made ikimasuka |
| 這邊有郵箱嗎？ | この辺に郵便ポストはありますか。<br>kono hen ni yuubimposuto wa arimasuka |
| 公共電話去哪裏會有呢？ | 公衆電話は、どこに行けばありますか。<br>koushuudenwa wa, doko ni ikeba arimasuka |
| ⬆ 請問郵局在哪？ | あのちょっとお聞きしますが、郵便局はどこにありますか。<br>ano chotto okiki shimasuga, yuubinkyoku wa doko ni arimasuka |
| 就在沿這條路一直走之後的右邊。 | 📗 郵便局だったら、この道をまっすぐ行くと右側にありますよ。<br>yuubinkyoku dattara kono michi o massugu ikuto migigawa ni arimasu yo |

🎧 224.mp3

| | |
|---|---|
| 去到那邊的十字路口向右轉就差不多到了。 | あそこの交差点を右に行ったらすぐです。<br>asoko no kousaten o migi ni ittarasugu desu |
| 看到那邊的白色大廈沒有？郵局就在旁邊。 | 向こうに白いビルが見えますね。郵便局はその隣です。<br>mukou ni shiroi biru ga miemasune. yuubinkyoku wa sono tonari desu |
| 要去銀行的話，請沿那條路行。 | 銀行だったら、この道をまっすぐ行ってください。<br>ginkou dattara, kono michi o massugu itte kudasai |
| 台場很遠呢，坐海鷗單軌車去比較好。 | お台場はずいぶん遠いですよ。ゆりかもめに乗って行ったほうがいいですよ。<br>odaiba wa zuibun tooi desuyo. yurikamome ni notteitta hou ga ii desu yo |
| 這附近有便利店嗎？ | この辺にコンビニありませんか。<br>kono hen ni kombini arimasenka |
| 皇宮從這邊的路向左轉就到了。 | 皇居は、この道を左に曲がったらすぐですよ。<br>koukyo wa, kono michi o hidari ni magattara sugu desuyo |
| 一直走，再向左轉。 | まっすぐ行って、左に曲がってください。<br>massugu itte, hidari ni magatte kudasai |

225.mp3

| | |
|---|---|
| 醫院呢，過了那邊的交通燈，再向右轉。 | 病院ですか。あそこの信号を渡って、右に曲がってください。<br>byouin desuka. asoko no shingou o watatte, migi ni magatte kudasai |
| 要轉車嗎？ | 乗り換えが必要ですか。<br>norikae ga hitsuyou desuka |
| 不用轉車？ | 🗨 乗り換えの必要はありませんよ。<br>norikae no hitsuyou wa arimasen yo |
| 只在東京鐵路站轉一次車。 | 🗨 乗り換えは東京駅で一回だけです。<br>norikae wa toukyou eki de ikkai dake desu |
| 必需在橫濱轉車。 | 横浜で乗り換えなければなりません。<br>yokohama de norikaenakereba narimasen |
| 到東京鐵路站的話 JR 鐵路比地下鐵便宜和方便。 | 東京駅までだったら、地下鉄よりも J R のほうが安くて便利ですよ。<br>toukyoueki made dattara, chikatetsu yori mo jeia-ru no hou ga yasukute benri desu yo |
| 先坐地鐵，再轉巴士。 | まず地下鉄で行って、それからバスに乗り換えます。<br>mazu chikatetsu de itte, sorekara basu ni norikaemasu |
| 在哪裏下車。 | どこで降りるんですか。<br>doko de orirun desuka |
| 在哪個車站下車最方便？ | 🈔 どこの駅で降りるのがいちばん便利ですか。<br>doko no eki de oriru noga ichiban benri desuka<br>📙 駅は火車，地鐵等鐵路的車站。巴士站是「バス停留所／basu teiryuujo」，縮寫是「バス停／basutei」。 |

🎧 226.mp3

| | |
|---|---|
| 請在動物園前下車。 | 動物園前で降りてください。<br>doubutsuemmae de orite kudasai |
| 坐地下鐵的話，要花多少時間呢？ | 地下鉄で行けば、どのぐらいかかるんですか。<br>chikatetsu de ikeba, donogurai kakarun desuka |
| 巴士和國營鐵路哪個比較便宜？ | バスとJRと、どちらが安いですか。<br>basu to jeia-ru to, dochira ga yasui desuka |
| 不會太花時間。大概十分鐘吧。 | そんなにかかりません。10分ぐらいでしょう。<br>sonna ni kakarimasen. juppun gurai deshou |
| 步行的話要花二十分鐘。 | 歩いて行けば、20分ほどかかります。<br>aruite ikeba, nijuppunhodo kakarimasu |
| 不是不能走路去，但有些距離啊。 | 歩いて行けないこともありませんが、かなりかかりますよ。<br>aruite ikenai koto mo arimasenga, kanari kakarimasu yo |
| 步行的話要花二十分鐘。 | そうですね。20分あれば着くでしょう。<br>soudesune. nijuppun areba tsukudeshou |

🎧 227.mp3

| 用走路的太勉強了。 | 歩いて行くのは無理ですよ。<br>aruite iku nowa muri desu yo |
| 沒有人會走這麼長的路。 | あそこまで歩いて行く人はいませんよ。<br>asoko made aruite iku hito wa ima sen yo |
| 多麼趕急都要花起碼二十分鐘。 | どんなに急いでも２０分はかかりますよ。<br>donna ni isoidemo nijuppun wa kakarimasu yo |
| 乘的士去的話，收費都相當高。 | タクシーで行くと、かなり料金がかかりますよ。<br>takushi- de ikuto, kanari ryoukin ga kakarimasu yo |
| 坐國營鐵路去，又便宜又方便。 | ＪＲで行ったほうが安くて便利ですよ。<br>jeia-ru de itta hou ga yasukute benri desu yo |
| 不是需要坐計程車的距離。 | タクシーに乗るほどの距離でもありませんよ。<br>takusi- ni noruhodo no kyori demo arimasen yo |
| 要坐到終站嗎？ | 終点まで乗るんですか。<br>shuuten made norun deuka |

227

# 8.2 商場

🎧 228.mp3

| | |
|---|---|
| 歡迎光臨。 | いらっしゃいませ。<br>irasshaimase |
| 電子辭典的櫃檯在哪裏？ | 電子辞書の売り場はどこですか。<br>denshijisho no uriba wa doko desuka |
| 化妝品的櫃檯在幾樓？ | 🛍 化粧品売り場は何階ですか。<br>keshouhin'uriba wa nangai desuka<br>📙「何階ですか」可以換成「何階にあります か／nangai ni arimasuka」（在幾樓有？） |
| 我想買數碼相機，能推薦一下嗎？ | デジタルカメラが欲しいのですが、何か お勧めのものはありますか。<br>dejitarukamera ga hoshiinodesuka, nanika osusume no mono wa arimasuka |
| 想買手提電腦，怎樣的比較好賣？ | 🛍 ノートパソコンを買いたいのですが、どん なのがよく売れてますか。<br>no-topasokon o kaitaino desuga, donna noga yoku uretemasuka<br>📙 筆記本電腦是「ノートパソコン」。桌 上形電腦是「デスクトップパソコン／ desukutoppu pasokon」。 |
| 這個怎麼樣？ | こちらはいかがでしょうか。<br>kochira wa ikaga de shouka |
| 這個多少錢？ | これはいくらですか。<br>kore wa ikura desuka |
| 這個商品現在最受歡迎。 | こちらの商品が、今いちばん人気がありま す。<br>kochira no shouhin ga, ima itchiban ninki ga arimasu |

🎧 229.mp3

| | |
|---|---|
| 這個最好賣。 | これがいちばんよく売れてます。<br>kore ga ichiban yoku urete masu |
| 是受歡迎的商品。 | 売れ筋商品ですよ。<br>uresujishouhin desu yo |
| 這一款在學生之間很受歡迎。 | 類 このタイプが学生の間で大人気です。<br>kono taipu ga gakusei no aida de daininki desu<br>📖 另外的很受歡迎是「人気がありますninki ga arimasu」。 |
| 這款式最近很流行。 | 類 このタイプが最近の流行りです。<br>kono taipu ga saikin no hayari desu<br>📖 「最近の流行りです」可以換成「最近人気があります／saikin ninki ga arimasu」。 |
| 有點貴啊。 | ちょっと高いですね。<br>chotto takai desu ne |
| 這個很昂貴啊。 | これは高いでしょうね。<br>kore wa takai de shou ne |
| 這個很便宜。只980日元。 | これは安いですよ。たったの<br>９８０円です。<br>kore wa yasui desuyo. tatta no kyuuhyakuhachijuuen desu |
| 有沒有更便宜的？ | もっと安いものはありませんか。<br>motto yasuimono wa arimasenka |

🎧 230.mp3

| | |
|---|---|
| 能打個折嗎？ | 多少割り引きできますよ。<br>**tashou waribiki dekimasuyo** |
| 現在買的話，給您計便宜一點。 | 類 今、お買い求めいただけるのでしたら、お安くしますよ。<br>**ima, okaimotome itadakeru no deshitara, oyasuku shimasuyo**<br>📖「現在買吧，給你便宜一點」的歪曲表現。 |
| 如果用現金付款，就給您打九折吧。 | 類 現金でお求めいただけるのでしたら、一割引にしましょう。<br>**genkin de omotome itadakeru no deshitara, ichiwaribiki ni shimashou**<br>📖 打一折是「九割引／kyuuwaribiki」。打九折是「一割引」，跟香港數位相反，要注意。 |

| | |
|---|---|
| 有沒有更好一點的？ | もっといいのはありませんか。<br>**motto ii nowa arimasenka** |
| 相當貴啊。 | 結構するもんですね。**kekkou surumon desune** |
| 請計便宜點吧。 | もうちょっと安くしてください。<br>**mouchotto yasuku shitekudasai** |
| 能不能便宜點？ | 回 もう少しまけてもらえませんか。<br>**mousukoshi makete moraemasenka** |
| 💬 如果再便宜點的話就會想買。 | 類 もう少し安かったら買いたいんですが。<br>**mousukoshi yasukattara kaitain desuga**<br>📖「能不能便宜點？」的歪曲表現。 |
| 如果全部都買，請計便宜點好不好？ | まとめて買いますから、もっと安くできませんか。<br>**matomete kaimasukara, motto yasuku dekimasenka** |
| 有點超過預算。 | ちょっと予算オーバーですね。<br>**chotto yosan'o-ba- desune** |

🎧 231.mp3

| | |
|---|---|
| 預算是多少錢左右？ | ご予算はいくらぐらいお考えですか。<br>goyosan wa ikura gurai okangae desuka |
| 不太合預算。 | ちょっと予算に合わないですね。<br>chotto yosan ni awanai desune |
| 現在沒有那麼多錢。 | 持ち合わせが足りません。<br>mochiawase ga tarimamasen |
| 那個，請給我看看。 | それ、ちょっと見せてもらえますか。<br>sore, chotto misete moraemasuka |
| 有點浮誇呢。 | ちょっと派手すぎますね。<br>chotto hadesugimasune |
| 有沒有更大的？ | もう少し大きいのはありませんか。<br>mousukoshi ookii nowa arimasenka |
| 尺寸不太適合。 | サイズがちょっと合いませんね。<br>saizu ga chotto aimasenne |
| 有沒有再樸素一點的顏色？ | 類 もうちょっと落ち着いた色のは、ないんですか。<br>mouchotto ochitsuita iro nowa, nain desuka<br>📙「落ち着いた色」可以換成「地味な色／jimi na iro」。 |
| 有點短呢。 | ちょっと短すぎますね。<br>chotto mijikasugimasune |
| 有沒有長一點的？ | もう少し長いのはないですか。<br>mousukoshi nagai nowa nai desuka |
| 還是這個好一點啊。 | やはりこっちの方がいいですね。<br>yahari kocchi no hou ga ii desune |

🎧 232.mp3

| | |
|---|---|
| 那麼，就買這個吧。 | じゃあ、これにしましょう。<br>jaa, kore ni shimashou |
| 那麼，請給我這個。 | 類 それじゃあ、これください。<br>sorejaa, kore kudasai |
| | 📖 「これください」可以加助詞「を」，意思一樣，如「それじゃあ、これをください／sorejaa, kore o kudasai」。 |

| | |
|---|---|
| ↑ 不好意思，請結帳。 | すみません。会計お願いします。<br>sumimasen. kaikei onegai shimasu |

| | |
|---|---|
| 因為是禮物，所以請包裝一下好嗎？ | プレゼントなんで、包んでもらえますか。<br>purezento nande, tsutsunde moraemasuka |

| | |
|---|---|
| ↑ 收到 1 萬日元。找您 500 日元。 | 1万円お預かりします。500円のお返しでございます。<br>ichimanen oazukarishimasu. gohyakuen no okaeshi de gozaimasu |

| | |
|---|---|
| 給我收據。 | レシートもらえますか。<br>reshi-to moraemasuka |
| 給我發票。 | 類 領収書をください。<br>ryoushuusho o kudasai |
| | 📖 「想要的物件」加「をください」表示「給我（想要的物件）」，或者「我要買（想要的物件）」，如：「これをください／kore o kudasai」（我要買這個）。 |

| | |
|---|---|
| ↑ 謝謝消費。 | お買い上げありがとうございました。<br>okaiage arigatou gozaimashita |

| | |
|---|---|
| 我開車來的，請給我停車票。 | 車で来たので、駐車券ください。<br>kuruma de kita node, chuushaken kudasai |

# 8.3 換錢

🎧 233.mp3

| | | |
|---|---|---|
| ⬆ | 那邊有自動找換機。 | あちらに自動両替機がございます。<br>achira ni jidouryougaeki ga gozaimasu |
| | 不好意思，想兌換點錢。 | すいません。換金したいのですが。<br>suimasen. kankin shitai no desuga |
| | 請問可以兌換人民幣嗎？ | あのう。中国元の両替はできますか。<br>anou. chuugokugen no ryougae wa dekimasuka |
| | 想換港幣。 | 香港ドルに換金したいのですが。<br>honkondoru ni kankin shitai no desuga |
| | 想將這個旅遊支票換成現金。 | このトラベラーズチェックを現金に換えたいのですが。<br>kono torabera-zuchekku o genkin ni kaetai no desuga |
| | 請在這邊簽個名。 | こちらにサインしてください。<br>kochira ni sain shite kudasai |
| ⬆ | 有沒有護照的影印本？ | パスポートのコピーはございますか。<br>pasupo-to no kopi- wa gozaimasuka |
| ⬆ | 請拿掛號，在那邊稍等。 | 番号札をお取りになって、あちらでお待ちください。<br>bangouhuda o otori ni natte, achira de omachi kudasai |

🎧 234.mp3

| | | |
|---|---|---|
| ⬆ | 只可以換美金。 | ドルのみのお取り扱いとなっております。<br>dorunomi no otoriatsukai to natte orimasu |
| | 能不能換日元？ | 日本円は取り扱ってますか。<br>nihon en wa toriatsukatte masuka |
| ⬆💬 | 外幣是美元嗎？還是……？ | 外貨はドルでしょうか、それとも…。<br>gaika wa doru de shouka, soretomo |
| ⬆ | 要換多少錢？ | いくら換金されますか。<br>ikura kankin saremasuka |
| ⬆💬 | 在本酒店不能使用韓元。 | 当ホテルでは韓国ウォンは取り扱っておりませんので…。<br>tou hoteru dewa kankokuwon wa toriatsukatteorimasen node |
| | 在那邊的銀行可以換錢。 | 向かいの銀行で両替できますよ。<br>mukai no ginkou de ryougae dekimasu yo |
| | 想知道今日的匯率。 | 今日の為替レートを知りたいのですが。<br>kyou no kawasere-to o shiritai no desuga |
| | 今天的匯率在那邊表示着。 | 💬 今日の為替レートはあちらに表示されています。<br>kyou no kawasere-to wa achira ni hyouji sarete imasu |

⬆ 如果現金是 620 港幣，變成旅遊支票要 640 港幣。

キャッシュですと６２０香港ドル、トラベラーズチェックですと６４０香港ドルになります。
kyasshu desuto roppyakunijuuhonkondoru, torabera-zuchekku desuto roppyakuyonjuuhonkondoru ni narimasu

15300 日元，請確認一下。

１５３００円です。お確かめください。
ichimangosensanbyakuen desu. otashikame kudasai

沒有錯。

間違いありません。
machigai arimasen

⬆ 這 500 港幣可以找散嗎？

この５００香港ドル、細かくしていただけませんか。
kono gohyakuhonkondoru, komakaku shite itadakemasenka

能不能換零錢？

❀ くずしてもらえますか。kuzushite moraemasuka
能不能換零錢？

📖「細かくしてもらえますか／komakaku shite moraemasuka」也有一樣的意思。

⬆ 2000 日元紙幣不方便，能換成兩張 1000 日元嗎？

２０００円札は不便なので、千円札２枚にしていただけませんか。
nisen'ensatsu wa fuben nanode, sen'ensatsu nimai ni shite itadakemasenka

想兌換 10000 日元。

１万円を換金したいのですが。
ichiman'en o kankin shitai no desuga

🎧 236.mp3

---

| | |
|---|---|
| ⬆ 請在這紙上填寫名字與國籍，還有護照號碼。 | この用紙に、お名前と国籍、それからパスポート番号をご記入ください。<br>kono youshi ni, onamae to kokuseki, sorekara pasupo-tobangou o gokinyuu kudasai |
| 請在這邊線裏填今天的日期和簽名。 | この枠の中に今日の日付とサインを書いてください。<br>kono waku no naka ni kyou no hizuke to sain o kaite kudasai |
| 不管用英語，漢字都可以。 | 漢字で書いても、英語で書いてもかまいません。<br>kanji de kaitemo, eiga de kaitemo kamaimasen |
| ⬆ 請在貨幣項目的欄裏填貨幣的種類和金額。 | 貨幣項目の欄に、貨幣の種類と金額をご記入ください。<br>kahei koumoku no ran ni, kahei no shurui to kingaku o gokinyuu kudasai |
| ⬆ 利用這酒店的客人，不用填護照號碼都可以。只需要在這裏寫房間號碼。 | 当ホテルをご利用いただいてるお客様でしたら、パスポート番号は記入しなくても結構です。こちらにルームナンバーだけご記入ください。<br>tou hoteru o goriyou itadaiteru okyakusama deshitara, pasupo-tobangou wa kinyuu shinakutemo kekkou desu. kochira ni ru-munamba- dake gokinyuu kudasai |
| 請在支票的後面簽名。 | 小切手の裏側にもサインしてください。<br>kogitte no uragawa nimo sain shite kudasai |

自學日語

237.mp3

| | |
|---|---|
| 這紙幣能不能找散？ | この札を細かくくずしてもらえませんか。<br>kono satsu o komakaku kuzushite moraemasenka |
| 想找換為 10 張 1000 日元紙幣嗎？ | 類 千円札10枚にくずしてください。<br>sen'ensatsu juumai ni kuzushite kudasai<br>📖 「にくずしてください」可以換成「に両替してください／ni ryougae shite kudasai」。 |
| 請把副本好好保管。 | 控えは大切に保管願います。<br>hikae wa taisetsu ni hokan negaimasu |
| 在免稅店裏有銀行，回國時能換港幣。 | 免税店にも銀行がございますので、帰国時に香港ドルに戻すことができます。<br>menzeiten nimo ginkou ga gozaimasu node, kikokuji ni honkondoru ni modosukoto ga dekimasu |

語法 8　**希望表現**

## 名　詞

（名詞）が欲しいです。

想要 ‧‧‧

| | |
|---|---|
| <sup>はや</sup>早く<sup>こいびと</sup>恋人が欲しいです。 | 好想快點有戀人。 |
| <sup>がいしゃ</sup>外車がとても欲しいです。 | 很想要外國車。 |
| <sup>たんじょうび</sup>誕 生 日には、<sup>なに</sup>何が欲しいですか。 | 你生日要什麼？ |
| やっぱりお<sup>かね</sup>金が欲しいです。 | 還是想要錢。 |

（名詞）は欲しくありません（ないです）。

不想要

| | |
|---|---|
| <sup>あま</sup>甘いものは<sup>にがて</sup>苦手なので、ケーキは欲しくありません。 | 我不喜歡甜的東西，不想要蛋糕。 |
| <sup>わたし</sup>私 は独身主義者ですから、<sup>おっと</sup>夫は欲しくありません。 | 因為我是獨身主義者，所以不要老公。 |
| <sup>はな</sup>花は欲しくないです。<sup>ほか</sup>他のプレゼントがいいです。 | 不想要花。希望要其他禮物。 |
| ホントに欲しくないですか。 | 真的不想要嗎？ |

## 動　詞

（動詞）＋て欲しいです。

　　　1 類動詞（…く、…す）　原型（u → i）＋て<sup>ほ</sup>欲しいです。

| | |
|---|---|
| <sup>わたし</sup>私 に<sup>てがみ</sup>手 紙 を<sup>か</sup>書 い て 欲 し い で す。（<sup>か</sup>書 く kaku → kai） | 希望有人給我寫信。 |
| <sup>せいかつ</sup>生活が<sup>たいへん</sup>大変なので、<sup>すこ</sup>少しお<sup>かね</sup>金を<sup>か</sup>貸して欲しいです。(kasu → kashi) | 生活很困難，所以希望能借到錢。 |

　　　1 類動詞（…ぐ）　原型（u → i）＋で<sup>ほ</sup>欲しいです。

| | |
|---|---|
| もう<sup>すこ</sup>少し<sup>いそ</sup>急 い で 欲 し い で す。（<sup>いそ</sup>急 ぐ isogu → isoi） | 希望能趕快一點。 |

| 1類動詞（…む、…ぶ、…ぬ）　原型（－む、－ぶ、－ぬ）＋んで欲しいです。 | |
|---|---|
| この文章を読んで欲しいです。（読む） | 想給我讀這文章。 |
| 一緒に遊んで欲しいです。（遊ぶ） | 希望能一起玩。 |
| いい加減に死んで欲しいです。（死ぬ） | 希望他早點死。 |
| 1類動詞（…る、…つ、…う）　原型（－る、－つ、－う）＋って欲しいです。 | |
| 邪魔だから早く帰って欲しいです。（帰る） | 很麻煩的傢伙，希望他能早點回去。 |
| もう少しだけ待って欲しいです。（待つ） | 請稍稍等我一下。 |
| 誕生日プレゼントを買って欲しいです。（買う） | 希望能買生日禮物給我。 |
| 2類動詞　原型（－る）＋て欲しいです。 | |
| この読め方を教えて欲しいです。（教える） | 希望能教我這個讀法。 |
| ドアを開けて欲しいです。（開ける） | 希望能開個門。 |
| テレビのスイッチを消して欲しいです。（消す） | 希望能關電視機。 |
| 3類動詞（する・来る） | |
| たまには部屋を掃除して欲しいです。（掃除する） | 希望能偶爾清潔一下房間。 |
| 静かにして欲しいです。（静かにする） | 希望能安靜一點。 |

# 地道竅訣 8

日語的詞序

　　就日語來說，詞序的變化並不會為話語帶來重大的意義上的變化。讓我們分析一下「僕は君を愛してる（我愛你）」吧。

　　這句子的基本的詞序是「僕は－君を－愛してる（我－你－愛）」。但是，稍為變化為「僕は愛してる、君を（我－愛，你）」或是「君を愛してる、僕は（愛－你，我）」，雖然稍為轉移了重點，但是基本上意思不變。

　　可是，如果是中文語法，詞序不同，可以令意思產生重大變化。比如說，「我愛你」是「僕は－君を－愛してる」，可是詞序不同的「你愛我」是「君は－僕を－愛してる（你愛我）」，主語和賓語就完全改變了。

　　當然，學懂語法到說話能通順的程度很重要。可是溝通上，能建基與語法傳遞正確的意思才是基本。

　　對在中華圈生活的大家來說，中文和日文的語法、詞序完全不一樣，所以會感到日文的詞序有點難明白。

　　但是反過來說，在說話的時候，注意到詞序出錯，也可以若無其事繼續說話。從這個角度看的話，日語也有容易的地方吧。

# 第9章

# 交通

# 9.1 開車

🎧 242.mp3

| | |
|---|---|
| 因為電車很迫，所以用自己的車上班。 | 電車は込むので、マイカーで通勤してます。<br>densha wa komunode, maika- de tsuukin shite masu |
| 最近汽油變貴了。 | 最近はガソリンが高くなりましたよ。<br>saikin wa gasorin ga takaku narimashita yo |
| 單車請在車站前的停車處停泊。 | 自転車は駅前の駐輪場に停めています。<br>jitensha wa ekimae no chuurinjou ni tomete imasu |
| 👥♂ 沒汽油，糟糕了。 | ガス欠だ、困ったな。<br>gasuketsu da, komattana |
| 👥♂ 油站在哪？ | ガソリンスタンドはどこかな。<br>gasorinsutando wa dokokana |
| 👥♂ 最近的油站都變成自助式了。 | 最近のガソリンスタンドは、みんなセルフだな。<br>saikin no gasorinsutando wa, minna serufu dana |
| 由於發生交通事故，所以塞車。 | 交通事故で、渋滞しています。<br>koutsuujiko de, juutai shite imasu |
| 👥 果然有小型電單車很不錯呢。 | やっぱ原チャがあるといいね。<br>yappa gencha ga aruto ii ne |
| 👥♂ 糟了，爆車胎。 | まいったなあ、タイヤがパンクした。<br>maittanaa, taiya ga panku shita |

🎧 243.mp3

| | |
|---|---|
| 我騎單車上學。 | 私は自転車で通学しています。<br>washi wa jitensha de tsuugaku shite imasu |
| 我坐電單車上高中。 | 類 僕はオートバイで高校に通っています。<br>boku wa o-tobai de koukou ni kayotte imasu<br>📖 「通学しています」只是每天上學校。<br>「通勤しています／tsuukin shite imasu」<br>只是每天上班。「（地點）に通っています」則是學校、公司或者其他地方都可以。 |
| 我的高中禁止騎電單車上學。 | 僕の高校は、バイク通学禁止です。<br>boku no koukou wa, baikutsuugakukinshi desu |
| 因為離家不遠，所以徒步往來。 | 家から近いので徒歩で通ってます。<br>ie kara chikai node toho de kayotte masu |

## 9.2 電車

🎧 244.mp3

| | |
|---|---|
| 我每天坐電車上下班。 | 私は毎日電車で通勤しています。<br>watashi wa mainichi densha de tsuukin shite imasu |
| 中央線很會搞混時間表。 | 中央線は、よくダイヤが乱れます。<br>chuuousen wa, yoku daiya ga midaremasu<br>📘 中央線是JR（Japan Railways）的一條鐵路。 |
| 有很多關於人身安全的事故。 | 人身事故が多いんですってね。<br>jinshinjiko ga ooin desuttene |
| 也有很多跳軌自殺吧？ | 飛び込み自殺が多いのかな。<br>tobikomi jisatsu ga ooi no kana |
| 聽說這個鐵路交叉點是不打開的。 | この踏み切りは、開かずの踏み切りっていわれてます。<br>kono fumikiri wa, akazu no fumikiri tte iwarete masu |
| 繁忙時間坐電車真累人。 | 通勤ラッシュの電車通勤は疲れます。<br>tsuukinrasshu no denshatsuukin wa tsukaremasu |
| 電車一直都是爆滿的狀態嗎？ | いつも、こんなに満員電車になるんですか。<br>itsumo, konna ni manindensha ni narun desuka |
| 東京鐵路站很混亂。 | 東京駅は混雑してますね。<br>toukyou eki wa konzatsu shite masune |

🎧 245.mp3

| | |
|---|---|
| 公司在私營鐵路沿線，要在新宿轉車。 | 会社は私鉄沿線にあるので、新宿で乗り換えです。<br>kaisha wa shitetsuensen ni arunode, shinjuku de norikae desu |
| 從營團地下鐵轉乘都營地下鐵。 | 営団地下鉄から都営地下鉄に乗り換えます。<br>eidanchikatetsu kara toeichikatetsu ni norikaemasu |
| 不得不從JR轉乘地下鐵。 | Ｊ Ｒ から地下鉄に乗り換えなければいけません。<br>jeia-ru kara chikatetsu ni norikaena kereba ikemasen<br>📖 JR即日本鐵路公司。 |
| 由於人身安全事故，電車停下來了。 | 人身事故で、電車が止まっています。<br>jinshinjiko de, densha ga tomatte imasu |
| 電車按時間表到站，所以不會遲到。 | 電車は時間通りに着くので遅刻しません。<br>densha wa jikandoori ni tsuku node chikoku shimasen |
| 交通費非常貴。 | 交通費がとても高いです。<br>koutsuuhi ga totemo takai desu |
| 要轉乘單軌列車。 | モノレールに乗り換えます。<br>monore-ru ni norikaemasu |
| 因為有定期券所以很方便。 | 定期券があるので便利です。<br>teikiken ga aru node benri desu |

🎧 246.mp3

| | |
|---|---|
| 趕不上尾班電車的話，就不得不坐的士回家了。 | 終電に乗り遅れると、仕方がないのでタクシーで帰ります。<br>shuuden ni noriokureru to, shikata ga nai node takushi- de kaerimasu |
| 每天早上坐頭班車。 | 毎朝始発の電車に乗ってきます。<br>maiasa shihatsu no densha ni notte kimasu |
| 每次都是坐尾班車回家。 | 帰りは、いつも終電です。<br>kaeri wa, itsumo shuuden desu |
| 售票處在哪？ | 切符売り場はどこですか。<br>kippuuriba wa doko desuka |
| 不好意思。我買錯了票想退還。 | すいません。間違えたので払い戻ししてください。<br>suimasen.machigaetta node harai modoshi shite kudasai |
| 請結算。 | 清算、お願いします。<br>seisan, onegai shimasu |
| ⬆ 上行列車的月台在哪？ | 上り電車のホームは、どちらですか。<br>noboridensha no ho-mu wa, dochira desuka |
| 這列車到東京鐵路站嗎？ | この電車は東京駅まで行きますか。<br>kono densha wa toukyoueki made ikimasuka |
| 我想坐每站都停的列車，在這裏能坐到嗎？ | 各駅停車の電車に乗りたいんですが、ここでいいんですか。<br>kakuekiteisha no densha ni noritain desuga, koko de iin desuka |

| 快速車的月台在哪？ | 快速乗り場はどこですか。<br>kaisokunoriba wa doko desuka |
| --- | --- |
| 新幹線的票在哪裏有賣？ | 新幹線の切符は、どこで売っていますか。<br>shinkansen no kippu wa, doko de utte imasuka |
| 請給我到品川的回數券。 | 品川までの回数券ください。<br>shinagawa made no kaisuuken kudasai |
| 鐵路便當的賣場在哪？ | 駅弁売り場は、どこですか。<br>ekiben'uriba wa, dokodesuka |
| 想到橫濱，要在哪裏轉車？ | 横浜まで行きたいんですが、どこで乗り換えたらいいですか。<br>yokohama made ikitain desuga, doko de norikaetara ii desuka |
| 轉乘私鐵的檢票處在哪？ | 私鉄乗り換えの改札はどこですか。<br>shitetsu norikae no kaisatsu wa doko desuka |
| 💬 不好意思，車票丟了。 | あの、切符をなくしてしまったんですが。<br>ano, kippu o nakushite shimattan desuga |
| 💬 我想買一等指定席的票。 | グリーン席の切符を買いたいんですが。<br>guri-nseki no kippu o kaitain desuga |
| 通勤快速車是什麼呀？請問，這列車在日暮裏站停嗎？ | 通勤快速？あの、この電車日暮里に停まりますか？<br>tsuukinkaisoku? ano, kono densha nippori ni tomarimasuka |

# 9.3 巴士

🎧 248.mp3

| | |
|---|---|
| 坐巴士上學。 | バス通学です。<br>basu tuugaku desu |
| 有架校巴。 | スクールバスが出ています。<br>suku-rubasu ga dete imasu |
| 車站有一架到公司的穿梭巴士。 | 駅からは会社のシャトルバスが出ています。<br>eki kara wa kaisha no shatorubasu ga dete imasu |
| 最近巴士都可以用SUICA乘車卡了。 | 最近はバスでもスイカが使えます。<br>saikin wa basu demo suika ga tsukaemasu |
| 夜晚有深夜巴士。 | 夜は深夜バスがあります。<br>yoru wa shin'yabasu ga arimasu |
| 巴士站在哪？ | バス乗り場はどこですか。<br>basunoriba wa doko desuka |
| 巴士車票賣場在哪？ | バスの切符売り場はどこですか。<br>basu no kippuuriba wa doko desuka |
| 這乘車卡能用嗎？ | このバスカードは使えますか。<br>kono basuka-do wa tsukaemasuka |
| 車費多少錢？ | 運賃はいくらですか。<br>unchin wa ikura desuka |
| ⬆ 沒有零錢，可以跟我兌換嗎？ | 小銭がないのですが、両替してもらえませんか。<br>kozeni ga naino desuga, ryougae shite moraemasenka |

🎧 249.mp3

| | | |
|---|---|---|
| | 乘車的時候請拿掛號。 | 乗るときに番号札を取ってください。<br>norutoki ni bangoufuda o totte kudasai |
| | 這個巴士站有到公園前的巴士。 | この停留所に公園前行きのバスが来ますよ。<br>kono teiryuujo ni kouenmae iki no basu ga kimasu yo |
| ↑ | 請在這裏排隊並稍等。 | こちらに並んでお待ちください。<br>kochira ni narande omachi kudasai |
| | 巴士幾分鐘來一架？ | バスは何分ごとに来ますか。<br>basu wa nampun goto ni kimasuka |
| ↑ | 在這裏有時間表，請確認一下。 | ここに時刻表がありますので、ご確認ください。<br>koko ni jikokuhyou ga arimasu node, gokakunin kudasai |
| | 巴士是按照時間表過來。 | バスは、時刻表の時間通りに来ます。<br>basu wa, jikokuhyou doori ni kimasu |
| | 沒零錢也沒問題。 | 小銭がなくても大丈夫です。<br>kozeni ga kakutemo daijoubu desu |
| | 紙幣也能用。 | 札も使えますよ。<br>satsu mo tsukaemasuyo |
| | 下車的時候，請按這個蜂鳴器。 | 降りるときは、このブザーを押してください。<br>oriru toki wa, kono buza- o oshite kudasai |

🎧 250.mp3

| | |
|---|---|
| 因為很危險，請完全停車後才站起來。 | 危ないですから、バスが完全に停まってからお立ちください。<br>abunai desukara, basu ga kanzen ni tomattekara otachi kudasai |
| 這座位是給有需要人士的優先座位。 | この席は、優先席です。<br>kono seki wa, yuusenseki desu |
| 請在這裏坐。 | どうぞ、こちらに座ってください。<br>douzo, kochira ni suwatte kudasai |
| 一人巴士是什麼？ | ワンマンバスって何ですか。<br>wammambasutte nan desuka |
| 只有司機一個人，沒有檢票人的巴士。 | 🗨 運転手が一人だけで、車掌の乗っていないバスのことです。<br>untenshu ga hitori dakede, shashou ga notteinai basu no koto desu |
| 市營巴士站是這裏嗎？ | 市営バス乗り場はここですか。<br>shieibasunoriba wa koko desuka |
| 這就是無踏板巴士吧？坐輪椅的乘客比較容易乘搭。 | これがノンステップバスですか。車椅子の方が乗りやすいですね。<br>korega nonsuteppubasu desuka.kurumaisu no kata ga noriyasui desune |
| 根據目的地，會改變車費吧？ | 行き先によって、運賃が変わるんですか。<br>ikisaki ni yotte, unchin ga kawarun desuka |

🎧 251.mp3

| | |
|---|---|
| 去大阪的高速巴士車站是這裏嗎？ | 大阪行きのハイウェイバス乗り場はここですか。<br>oosakaiki no haiweibasunoriba wa koko desuka |
| 我想買去大阪的車票，還有座位嗎？ | 大阪行きの切符を買いたいんですが、まだ席が残ってますか。<br>oosaka iki no kippu o kaitain desuga, mada seki ga nokotte masuka |
| 巴士的路線圖在哪？ | バスの路線図はどこにありますか。<br>basu no rosenzu wa doko ni arimasuka |
| 💬 我在找東京市營巴士的車站。 | 都営バスのバス停を探しているんですが。<br>toeibasu no basutei o sagashite irun desuga |
| 有去羽田機場的直通巴士嗎？ | 羽田空港行きの直通バスは出ていますか。<br>hanedakuukou iki no chokutsuu basu wa dete imasuka |
| 豪華巴士有多貴呢？ | リムジンバスってこんなに高いんですか。<br>rimujinbasutte konna ni takain desuka |
| 這巴士叫一幣巴士，付100日元就能坐。 | このバスは、ワンコインバスといって１００円で乗れるバスなんですよ。<br>kono basu wa, wankoinbasu to itte hyakuen de norerubasu nan desu yo |

🎧 252.mp3

| | |
|---|---|
| 小孩的車費多少錢？ | 子供料金はいくらですか。<br>kodomoryoukin wa ikura desuka |
| 老人免費嗎？ | お年寄りは無料なんですか。<br>otoshiyori wa muryou nan desuka |
| 住在市內的老人憑身份證獲得免費。 | 市内に住んでいるお年寄りは、身分証を見せれば無料になります。<br>shinai ni sunde iru otoshiyori wa, mibunshou o misereba muryou ni narimasu |
| 巴士許久不來，大概是塞車吧。 | なかなかバスが来ませんね。<br>渋滞しているんでしょうか。<br>nakanaka basu ga kimasen ne. juutai shite irun deshouka |
| 平日與週末假期，時間表會改的吧？ | 平日と休日とでは、ダイヤが変わるんですか。<br>heijitsu to kyuujitsu todewa, daiya ga kawarun desuka |

# 9.4 坐的士

| | |
|---|---|
| 的士站在哪？ | タクシー乗り場はどこですか。<br>takushi-noriba wa doko desuka |
| 這的士是空車嗎？ | このタクシーは空いていますか。<br>kono takushi- wa aitei masuka |
| 誰在坐嗎？ | 誰か乗っていますか。<br>dareka notte imasuka |
| 請截的士。 | タクシーを呼んでください。<br>takushi- o yonde kudasai |
| 打電話叫的士嗎？ | 電話でタクシーを呼びましょうか。<br>denwa de takushi- o yobima shouka |
| ↑ 請預備去觀光酒店的計程車。 | 観光ホテルまでタクシーを呼んでくださいませんか。<br>kankouhoteru made takushi- o yonde kudasaimasenka |
| 明天早上，請到機場去。 | 明日の朝、空港までお願いします。<br>ashita no asa, kuukou made onegai shimasu |
| ↑ 請截停那的士，可以嗎？ | あのタクシーを捕まえてもらえませんか。<br>ano takushi- o tsukamaete moraemasenka |
| 舉手就會讓它停了。 | 手を挙げたら止まってくれますよ。<br>te o agetara tomatte kuremasu yo |

| | | |
|---|---|---|
| | 啊，已經駛走了。 | あっ、通り過ぎてしまいました。<br>at, toorisugite shimaimashita |
| | 這不就是拒載嗎？ | これって乗車拒否じゃないですか？<br>korette joushakyohi janai desuka |
| 💬 | 希望能迎接至賓館。 | ホテルまで迎えに来てほしいんですが。<br>hoteru made mukae ni kite hoshiin desuga |
| | 坐的士去的話很方便。 | タクシーで行ったら便利ですよ。<br>takushi- de ittara benri desu yo |
| | 是最低車費能去的距離哦。 | 初乗りで行ける距離ですよ。<br>hatsunori de ikeru kyori desu yo |
| | 坐的士去貴不貴？ | タクシーで行ったら高いですか。<br>takushi- de ittara takai desuka |
| | 深夜有附加費。 | 深夜は割増料金になります。<br>shin'ya wa warimashiryoukin ni narimasu |
| ⬆ | 請上車。 | どうぞ、お乗りください。<br>douzo, onori kudasai |
| ⬆ | 請上車。 | 🔘 どうぞ、ご乗車ください。<br>douzo, gojousha kudasai |
| ⬆ | 因為是自動門，不需要理它。 | 自動扉ですから、そのままで結構です。<br>jidoutobira desukara, sonomama de kekkou desu |

🎧 255.mp3

| | |
|---|---|
| ⬆ 親愛的客人，想到哪裏去？ | お客様、どちらまでですか。<br>okyakusama, dochira made desuka |
| 到哪裏？ | 📖 どこまでですか。<br>dokomade desuka |
| 這條路對嗎？ | この道で合ってますか。<br>kono michi de attemasuka |
| 到車站東出口可以嗎？ | 東口まででよろしいですか。<br>higashiguchi made de yoroshii desuka |
| 💬 這條路這段時間很塞。 | この道はこの時間混みますが…。<br>konomichi wa kono jikan komimasuga |
| 請到車站前去。 | 駅前までお願いします。<br>ekimae made onegai shimasu |
| 因為趕急，所以請盡量快點去。 | 急いでいるので、できるだけ早く行ってください。<br>isoide irunode, dekirudake hayaku itte kudasai |
| 司機，開快一點好嗎？ | 📖 運転手さん、もうちょっと急いで運転してもらえませんか。<br>untenshusan, mouchotto isoide untenshite moraemasenka |
| 請快點。 | 📖 もう少し急いでください。<br>mou sukoshi isoide kudasai |
| 請慢點走。 | 反 もうすこしスピードを落としてください。<br>mou sukoshi supi-do o otoshite kudasai |
| 請沿這地址去。 | この住所のところまでお願いします。<br>kono juusho no tokoro made onegai shimasu |
| 是不是很趕急？ | お急ぎですか。<br>oisogi desuka |

🎧 256.mp3

| 收音機的聲量能小一點嗎？ | ラジオのボリューム、少し落としてもらえますか。<br>rajio no boryu-mu, sukoshi otoshite moraemasuka |
|---|---|
| 有點冷，請關掉空調。 | 少し寒いので、エアコン止めてください。<br>sukoshi samuin node, eakon tomete kudasai |
| ⬆ 有點熱，能開窗戶嗎？ | 暑いので、窓を開けてもらえますか。<br>atsuinode, mado o akete moraemasuka |
| ⬆ 在車裏可以吸煙嗎？ | 車内でタバコ吸ってもいいですか。<br>shanai de tabako suttemo ii desuka |
| 不好意思。因為這是禁煙車，請不要吸煙。 | 🔘 申し訳ありません。禁煙車ですのでご遠慮願います。<br>moushiwake arimasen.kin'ensha desu node goenryo negaimasu |
| 很冷，請開暖氣。 | 寒いので暖房つけてもらえますか。<br>samui node danbou tsukete moraemasuka |
| 請在那個交叉點右拐。 | そこの交差点を右に曲がってください。<br>soko no kousaten o migi ni magatte kudasai |
| 請在前面的路左拐。 | 前の道を左折してください。<br>mae no michi o sasetsu shite kudasai |
| 走過頭了，請在什麼地方掉頭。 | 通り過ぎました。どこかでUターンしてください。<br>toorisugimashita. dokoka de yu-ta-n shite kudasai |

🎧 257.mp3

| | |
|---|---|
| 請在這裏讓我下車。 | ここで降ろしてください。<br>koko de oroshite kudasai |
| 請在那條馬路之前停車。 | そこの横断歩道の手前で止めてもらえますか。<br>soko no oudanhodou de tomete moraemasuka |
| 請在那郵局的對面讓我下車。 | あの郵便局の向かい側で降ろしてもらえますか。<br>ano yuubinkyoku no mukaigawa de oroshite muraemasuka |
| 請在那個十字路口過一點的地方停車。 | そこの十字路を少し通り過ぎたところで止めてください。<br>soko no juujiro o sukoshi toorisuguta tokoro de tomete kudasai |
| 車費多少錢？ | 運賃はいくらですか。<br>unchin wa ikura desuka |
| 這的士錶不是很奇怪嗎？以前明明只是1000日元。 | このメーターおかしくないですか。この前は1000円でしたよ。<br>kono me-ta- okashikunai desuka.konomae wa sen'en deshitayo |
| 只有10000日元紙幣，有零錢嗎？ | 一万円札しかないんですが、お釣りありますか。<br>ichiman'ensatsu shika nain desuga, otsuri arimasuka |
| 請給我發票。 | 領収書ください。<br>ryoushuusho kudasai |
| 給我收據。 | 類 レシートもらえますか。<br>reshi-to moraemasuka<br>📖「もらえますか」（能給我……嗎？）的請求語氣比「ください」（給我……）的重。 |

🎧 258.mp3

| | |
|---|---|
| 那麼，找您２００日元。 | では、２００円のお返しになります。<br>dewa, nihyakuen no okaeshi ni narimasu |
| 不要找零錢。 | お釣りはいいですよ。<br>ottsuri wa ii desu yo |
| 請重設的士錶。 | ちゃんとメーター倒してくださいよ。<br>chanto me-ta- taoshite kudasai yo |
| 不夠錢，順便去銀行。 | ちょっと持ち合わせがないので、銀行に寄っていきます。<br>chotto mochiawase ga nai node, ginkou ni yotte ikimasu |
| 請在那邊的便利店停車。 | ちょっと、そこのコンビニで止めてください。<br>chotto, soko no kombini de tomete kudasai |
| 💬 馬上回來。 | すぐ戻りますから。<br>sugu modorimasukara |
| 不是這間酒店。不是東急而是東京觀光酒店。 | このホテルじゃないですよ。東急じゃなくて東京観光ホテルですよ。<br>kono hoteru janai desuyo.toukyuu janakute toukyou kankou hoteru desu yo |
| 請從前面的小路進去。 | 前の細い道に入ってください。<br>mae no hosoi michi ni haitte kudasai |
| 下車的時候請注意後面的車。 | お降りの際は、後ろの車に注意してください。<br>oori no sai wa, ushiro no kuruma ni chuui shite kudasai |

| | |
|---|---|
| 這的士券能用嗎？ | このタクシー券使えますか。<br>kono takushi-ken tsukaemasuka |
| 見到這地圖中間有紅色記號的地方嗎？請到那裏去。 | この地図の中央に赤で印が付いてるの見えますか。そこまでお願いします。<br>kono chizu no chuuou ni aka de shirushi ga tsuiteru no miemasuka.soko made onegai shimasu |

語法 9　**表現願望**

動詞 たいです。
希望做（動詞）
＊意志動詞（意志的動詞）

## 動詞

### 1 類動詞　原型（u → i）＋たいです。

| | |
|---|---|
| 夏休みには思う存分遊びたいです。（遊ぶ asobu → asobi） | 希望暑假能盡情遊玩。 |
| 免許を取ったら、スポーツカーを買いたいです。（買う kau → kai） | 取得駕駛證的話，希望買跑車。 |
| 最近は残業ばかりなので、ゆっくり休みたいです。（休む yasumu → yasumi） | 最近一直加班，所以希望好好休息。 |

### 2 類動詞　原型（ーる）＋たいです。

| | |
|---|---|
| 忙しくて、猫の手も借りたいくらいですよ。（借りる） | 太忙了，連貓的手都希望借來用。 |
| 久しぶりにお母さんの手料理が食べたいです。（食べる） | 好想吃久違母親親手做的料理。 |
| ストレスがたまるので、会社を辞めたいです。（辞める） | 壓力積得太離開所以想辭職。 |

### 3 類動詞（する・来る）

| | |
|---|---|
| できることなら、２０代のうちに結婚したいです。（結婚する） | 可以的話想趁三十歲之前結婚。 |
| 退屈な毎日を過ごしているので、たまには旅行したいです。（旅行する） | 每日都過得很無聊，很想旅行啊。 |
| 香港は楽しいところなので、ぜひまた来たいです。（来る） | 香港是很愉快的地方，很想再來。 |

### 動詞＋たくありません（ないです）。
### 不希望做（動詞）

#### 1 類動詞　原型（u → i）＋たくありません（ないです）。

| | |
|---|---|
| もう、こんな会社で働きたくありません。（働く hataraku → hataraki） | 已經不想在這樣的公司工作。 |
| 文句ばかり聞きたくありませんよ。（聞く kiku → kiki） | 牢騷不想再聽。 |
| タバコはやめました。もう全然吸いたくないです。（吸う suu → sui） | 煙已經戒了。已經不想吸煙。 |

#### 2 類動詞　原型（-る）＋たくありません（ないです）。

| | |
|---|---|
| もうおなかがいっぱいです。何も食べたくないです。（食べる） | 我吃飽了。什麼都不想吃。 |
| 将来のことは考えたくないです。（考える） | 不想考慮將來的事。 |
| 最近は試験ばかりで疲れました。もうしばらくの間は、テストを受けたくないです。（受ける） | 最近考試太多好累。近來已不想再考試。 |

#### 3 類動詞（する・来る）

| | |
|---|---|
| 嫌なことは経験したくありません。（経験する） | 不想體驗討厭的事情。 |
| 学生生活は楽しいので、まだまだ卒業したくありません。（卒業する） | 因為學生生活很快樂，還不想畢業。 |
| もうこんなつまらないところには来たくないです。（来る） | 這麼無聊的地方已經不想再來。 |

## 地道竅訣 9  日本人與貓

最近中國人家庭也多有飼養小動物，其中最受歡迎的動物還是狗。雖然飼養貓的人也不少，但似乎還是少數派。在日本，除了狗以外，最受歡迎的就是貓。貓和日本人有特別親密的關係，在語言上可見一斑。在日語中，關於貓的單語很多。最近在廣東某大學的日語演講比賽中，獲得大賞的演說也是講關於使用貓的話語。下面為大家介紹一些有貓的詞語。

背脊弓起來的姿勢叫「猫背（ねこぜ）」。中文的話，不是貓背而是駝背吧。怕吃滾燙食物的人叫「猫舌（ねこじた）」，因為貓是只吃冷的東西。讓人陶醉的聲音叫「猫撫で声（ねこなで）」，解甜言蜜語的聲調。另外，非常忙的時候，經常説「猫の手も借りたい（ねこ て か）」，連貓的手都想借。隱瞞本性是「猫をかぶる（ねこ）」。

也有用貓來表現負面和令人討厭的事情。比喻説「ネコババ」，是在街上撿到東西偷偷據為己有的意思。也經常聽到「泥棒猫（どろぼうねこ）」，就是偷魚的貓小偷，有偷雞摸狗的意思。遇到小偷下次可以叫「待て、この泥棒猫（どろぼうねこ）！！（別跑，小偷！）」。在妖怪中，也有非常有名的「化け猫（ばねこ）（貓妖）」和「猫又（ねこまた）（變成妖物的高齡貓）」等妖怪。雖然只是迷信，但是還是被大人用「猫をいじめると化けて出るぞ（ねこ で）！！（欺負貓的話它們就會變成妖物出現！）」威脅。

世界各國不同的語言都有用動物的詞語或短語。但像日本語般有那麼多種多樣的貓詞彙，恐怕説成是日本獨有都不過份吧。這就完全表現了日本人愛貓的特質。學習外語的時候，嘗試找用動物的詞彙或短語應該會增加學習的樂趣吧。而且，以別的觀點去比較外國語言時，或者能更深的抓住那種語言的特徵。

各位讀者去日本的時候不妨留意，會看到很多很多以貓為藍本的人物，例如經常出現在商店門口的「招き猫（まね ねこ）（招財貓）」，代表日本的漫畫人物「ドラえもん（多啦Ａ夢）」也是「猫」機械人吧。順便告訴你們，貓叫的擬聲語是「ニャー（nya-）」或「ニャーオ（nya-o）」，而典型的家貓名字是「タマ（tama）」。

# 第10章

# 特殊場景

# 10.1 醫院

🎧 264.mp3

| | |
|---|---|
| 你看來沒有精神啊。 | なんだか元気なさそうですね。<br>nandaka genki nasasou desu ne |
| ⬆ 面色看起來不是很好，沒有問題吧？ | 🎯 顔色がすぐれませんが、どうかなさいましたか<br>kaoiro ga suguremasenga, douka nasaimashitaka |

📖 「顔色がすぐれません」是「臉色不好」的意思，如「顔色が悪いです／kaoiro ga warui desu」（臉色很壞）、「顔色が青白いです／kaoiro ga aojiroi desu」（臉色蒼白）、「顔色がよくないです／kaoiro ga yokunai desu」（臉色不好）。三句意思差不多，都可以用。

| | |
|---|---|
| 非常頭痛。 | とても頭が痛いです。<br>totemo atama ga itai desu |
| 有點感冒了。 | ちょっと風邪気味です。<br>chotto kazegimi desu |
| 去過醫院看醫生嗎？ | お医者さんに診てもらいましたか。<br>oishasan ni mite moraimashitaka |
| 好好地讓醫生看看了嗎？ | 🔵 ちゃんとお医者さんに診てもらいましたか。<br>chanto oishasan ni mite moraimashitaka |
| 你吃藥了嗎？ | 薬を飲みましたか。<br>kusuri o nomimashitaka |
| 肚子很痛。 | おなかが痛いです。<br>onaka ga itai desu |
| 胃部變得很不舒服。 | 胃がムカムカします。<br>i ga mukamuka shimasu |

🎧 265.mp3

| | |
|---|---|
| 有點不舒服。 | ちょっと具合が悪いです。<br>chotto guai ga warui desu |
| 有點頭暈。 | 少しめまいがします。<br>sukoshi memai ga shimasu |
| 好好休息吧。 | どうぞゆっくり休んでください。<br>douzo yukkuri yasunde kudasai |
| 宿醉了。 | 二日酔いです。<br>futsukatoi desu |
| 箍了牙。 | 歯にしみます。<br>ha ni shimimasu |
| 鼻塞。 | 鼻が詰まります。<br>hana ga tsumarimasu |
| 是花粉症。 | 花粉症です。<br>kafunshou desu |
| 鼻子發癢。 | 鼻がムズムズします。<br>hana ga muzumuzu shimasu |
| 頭一陣陣的痛。 | 頭がズキズキします。<br>atama ga zukizuki shimasu |
| 這個藥一日三次，飯後服。 | この薬は一日3回、食後に服用してください。<br>kono kusuri wa ichinichi sankai, shokugo ni fukuyou shite kudasai |
| 每天睡覺前請吃兩片。 | 毎日寝る前に2錠ずつ飲んでください。<br>mainichi nerumae ni nijou zutsu nonde kudasai |

🎧 266.mp3

| | |
|---|---|
| 因為我用的是假牙，所以不能吃硬的東西。 | 私は入れ歯なので、固いものは食べられません。<br>watashi wa ireba nanode, katai mono wa taberaremasen |
| 👥 這個太辣了，不能吃。 | これ、辛くて食べれない。<br>kore, karakute taberenai |
| 好好休息吧。 | 無理しないでゆっくり休んでください。<br>muri shinaide yukkuri yasunde kudasai |
| 可能喝酒喝得太多，身體搖晃得很厲害。 | 飲みすぎたせいが、体がふらふらします。<br>nomisugita seika, karada ga furafura shimasu |
| 身體怎麼樣？ | 具合はいかがでしょうか。<br>guai wa ikaga deshouka |
| 身上的傷怎麼樣？ | 怪我はどんな具合ですか。<br>kega wa donna guai desuka |
| 真好好吃藥嗎？ | ちゃんと薬を飲んでいますか。<br>chanto kusuri o nonde imasuka |
| 臉色好多了。 | 顔色がだいぶ良くなりましたね。<br>kaoiro ga daibu yoku narimashitane |
| 比上次見的時候好多了。 | 類 この前会った着よりずっとよくなりましたね。<br>konomae attatoki yori zutto yoku nari mashita ne<br>📖「ずっとよくなりましたね」的反義詞是「ずっ悪くなりましたね／zutto waruku nari mashita ne」。 |
| 這藥很有效。 | この薬はよく効きますよ。<br>kono kusuri wa yoku kikimasu yo |

| | |
|---|---|
| 你吃了什麼藥？ | どんな薬を飲んでいるんですか。<br>donna kusuri o nonde irun desuka |
| 好像藥效到了。開始想睡了。 | 薬が効いてきたみたいです。<br>眠くなってきました。<br>kusuri ga kiitekita mitai desu. nemuku natte kimashita |
| 有胃口嗎？ | 食欲のほうはいかがですか。<br>shokuyoku no hou wa dou desuka |
| 幾乎沒有胃口。 | 食欲は、ほとんどありません。<br>shokuyoku wa, hotondo arimasen |
| 可能是打點滴的關係，一點胃口也沒。 | 点滴のせいか、全然おなかがすきません。<br>tenteki no seika, zenzen onaka ga sukimasen |
| 醫生說還不可以吃飯。 | 医者は、まだ食べてはいけないといっています。<br>isha wa, mada tabete wa ikenai to itte imasu |
| 今天早上吃了一點粥。 | 今朝少しお粥を食べました。<br>kesa sukoshi okayu o tabemashita |
| 有一點胃口了。 | 少し食欲が湧いてきました。<br>sukoshi shokuyoku ga waite kimashita |
| 已經沒有痛，好多了。 | もう痛みもなく、だいぶ楽になりました。<br>mou itami mo naku, daibu raku ni narimashita |

🎧 268.mp3

| | |
|---|---|
| 昨天聽說誰住院了，嚇了一跳。 | 昨日、入院されたと聞いてびっくりしました。<br>kinou, nyuuin sareta to kiite bikkuri shimashita |
| 保重身體。 | お大事に。<br>odaiji ni |
| 因為很擔心，整晚睡不着。 | 心配で、一晩中眠れませんでした。<br>shimpai de, hitobanjuu nemuremasen deshita |
| 看到健康的樣子，放心了。 | 元気な姿を見て安心しました。<br>genki na sugata o mite anshin shimashita |
| 見到面，放心了。 | お顔を見てホッとしました。<br>okao o mite, hotto shimashita |
| 臉發福了。 | 顔がふっくらしましたね。<br>kao ga fukkura shimashita ne |
| 沒事，非常好。 | ご無事で何よりです。<br>gobuji de nariyori desu |
| 睡個飽，充份休息吧。 | 十分に睡眠をとって、よく体を休めてくださいね。<br>juubun ni suimin o totte, yoku karada o yasumete kudasai ne |
| 可能是吃了藥，胃部不舒服。 | 薬を飲んでいるせいか、胃の調子が悪いです。<br>kusuri o nondeiru seika, i no choushi ga warui desu |
| 還是有點倦。 | まだ少し体がだるいです。<br>mada sukoshi karada ga darui desu |

| | |
|---|---|
| 醫生說運動都可以。 | お医者さんには、もう運動してもいいと言われました。<br>oishasan niwa, mou undou shitemo ii to iwaremashita。 |
| 最近睡不着。 | 最近は寝られません。<br>saikin wa neraremasen |
| 可能是吃了藥的關係，晚上睡得很酣。 | 薬を飲んでいるせいか、夜はぐっすり眠れます。<br>kusuri o nondeiru seika, yoru wa gussuri nemuremasu |
| 醫生說活動一下身體比較好。 | 先生は、少し体を動かしたほうがいいと言っています。<br>sensei wa, sukoshi karada o ugokashita hou ga ii to itte imasu |
| 如果不動就幾乎不痛。 | 動かなければ、ほとんど痛くないです。<br>ugokanakereba, hotondo itakunai desu |
| 一定要保持安靜。 | 絶対安静ですよ。<br>zettai ansei desu yo |
| 痛楚都平復了嗎？ | 痛みはだいぶ治まりました。<br>itami wa daibu osamarimashita |
| 身體還沒有完全恢復，所以不要勉強。 | まだ本調子じゃないんですから、無理はいけませんよ。<br>mada honchoushi janain desukara, muri wa ikemasen yo |

# 10.2 做客

🎧 270.mp3

| 你好，有人嗎？ | ごめんください。<br>gomenkudasai |
| 請問，有人嗎？ | 🈁 あのう、いらっしゃいますか。<br>anou, irasshaimasuka<br>📖 「いますか／imasuka」的禮貌體是「いらっしゃいますか」。 |
| 不在嗎？ | 🈁 お留守ですか。<br>orusu desuka<br>📖 直接說法是：「いませんか／imasenka」 |

| 歡迎您來。 | いらっしゃい、ようこそ。<br>irasshai, youkoso |

| ⬆ 謝謝您老公一直關照。 | いつも主人がお世話になっています。<br>itsumo shujin ga osewa ni natte imasu |

| ⬆ 雖然房子亂七八糟，但請隨便進來吧。 | 汚いところですが、どうぞ<br>お上がりください。<br>kitanai tokoro desuga, douzo oagari kudasai |

| 請進來。 | 🈁 どうぞ、お上がりになってください。<br>douzo, oagari ni natte kudasai<br>📖 最基本的敬語表現是「請……」，如：どうぞ、お座りになってください。douzo, osuwari ni natte kudasai（請坐）どうぞ、お召し上がりになってください。douzo, omeshiagari ni natte kudasai（請食） |

| ⬆ 亂七八糟真不好意思，請進。 | 🈁 散らかっていてお恥ずかしいのですが、中へどうぞ。<br>chirakatteite ohazukashii no desuga, naka e douzo<br>📖 典型的謙虛表現。 |

🎧 271.mp3

| 非常好的房子啊。 | ご立派なお部屋ですね。<br>gorippa na oheya desu ne |
| 日式房子是真的讓人放鬆。 | 和室は本当に落ち着きますねえ。<br>washitsu wa houtou ni ochitsukimasu nee |
| ⬆ 感謝一直以來的關照。 | いつもお世話になっております。<br>itsumo osewa ni natte orimasu |
| ⬆ 今天招待我來，很感謝。 | 今日は、招待していただいてありがとうございます。<br>kyou wa, shoutai shite itadaite arigatou gozaimasu |
| 這是第一次到日本人的家。 | 日本人の家に上がるのは、今回が初めてです。<br>nihonjin no ie ni ageru nowa, konkai ga hajimete desu |
| ⬆ 我們早就在等你。 | お待ちいたしておりました。<br>omachi itashite orimashita |
| ⬆ 請坐。 | どうぞ、おかけください。<br>douzo, okake kudasai |
| ⬆ 請用坐墊。 | この座布団をお使いください。<br>kono zabuton o otsukai kudasai |
| ⬆ 並不是什麼好的東西，但請大家慢用。 | これ、つまらないものですが皆さんでお召し上がりください。<br>kore, tsumaranai mono desuga, minasan de omeshiagari kudasai |
| 請輕鬆一點。 | どうぞ、楽になさってください。<br>douzo, raku ni nasatte kudasai |

🎧 272.mp3

| | |
|---|---|
| 請當這裏是自己的家一樣，輕鬆點就行了。 | 自分の家だと思って楽にしてください。<br>jibun no uchi dato omotte raku ni shite kudasai |
| ⬆ 不是什麼好東西，但請慢用。 | 何もありませんが、どうぞお召し上がりください。<br>nani mo arimasenga, douzo omeshiagari kudasai |
| 這是從中國帶來的手信。 | これ、中国のお土産です。<br>kore, chuugoku no omiyage desu |
| ⬆ 不是什麼好東西，但請你收下。 | たいしたものじゃありませんが、どうぞお受け取りください。<br>taishita mono ja arimasenga, douzo ouketori kudasai |
| 這是在香港受歡迎的零食。 | これ、香港で人気のあるお菓子なんですよ。<br>kore, honkon de ninki no aru okashi nan desu yo |
| ⬆ 💬 不知道您喜不喜歡吃。 | お口に合うかどうかわかりませんが…。<br>okuchi ni aukadouka wakarimasenga |
| ♀ 啊，很漂亮的花。 | まあ、きれいなお花。<br>maa, kireina ohana |
| 現在可以打開嗎？ | 今、開けてもいいですか。<br>ima, aketemo ii desuka |
| ⬆ 打擾了。 | お邪魔しました。<br>ojama shimashita |
| ⬆ 請慢用。 | もっと、ゆっくりしていったらいかがですか。<br>motto, yukkuri shite ittara ikaga desuka |

| 一起吃晚飯好不好？ | ご夕食、一緒にいかがですか。<br>goyuushoku, issho ni ikaga desuka |
|---|---|
| 以後，隨時都歡迎你來。 | また、いつでもお越しください。<br>mata, itsudemo okoshi kudasai |
| 那麼，下次再來玩吧。 | じゃあ、また遊びに来てね。<br>jaa, mata asobi ni kite ne |
| 謝謝你今天的招待。 | 本日は、ご招待していただいてありがとうございました。<br>honjitsu wa, goshoutai shite itadaite arigatou gozaimashita |
| 啊，已經這麼晚了。是時候告辭了。 | あ、もうこんな時間ですね。そろそろ帰らないと…。<br>a, mou konna jikan desune. sorosoro kaeranaito |
| 非常好的房子啊。 | とても素敵なお部屋ですね。<br>totemo suteki na oheya desune |
| 真大的家啊。 | 大きな家ですね。<br>ookina ie desu ne |
| 下次來到香港的時候，一定要來我家。 | 今度、香港にいらした時はぜひ私の家にも遊びに来てくださいね。<br>kondo, honkon ni irashita toki zehi wa watashi no uchi nimo asobi ni kite kudasai ne |
| 請喝茶。 | さあ、お茶をどうぞ。<br>saa, ocha o douzo |
| 咖啡和紅茶，你喜歡哪一個？ | コーヒーと紅茶、どちらがよろしいですか。<br>ko-hi- to koucha, dochira ga yoroshii desuka |

# 10.3 求助和報警

🎧 274.mp3

| | |
|---|---|
| 打擾一下，可以嗎？ | あの、ちょっとよろしいでしょうか。<br>ano, chotto yoroshii deshouka |
| 派出所在哪？ | 交番<sup>こうばん</sup>はどこにありますか。<br>kouban wa doko ni arimasuka |
| 這附近有沒有派出所，或者警崗？ | 類 この辺<sup>へん</sup>に警察署<sup>けいさつしょ</sup>か交番<sup>こうばん</sup>はありませんか。<br>kono hen ni keisatsusho ka kouban wa arimasenka |

この辺<sup>へん</sup>に郵便局<sup>ゆうびんきょく</sup>か銀行<sup>ぎんこう</sup>はありませんか。
kono hen ni yuubinkyoku ka ginkou wa arimasenka（這附近有沒有郵局，或者銀行？）

📖 打聽兩個相同的地方時用的句型。

| | |
|---|---|
| ⬆ 有急事，能不能借電話用一下？ | 緊急<sup>きんきゅう</sup>なんですが、電話<sup>でんわ</sup>を貸<sup>か</sup>していただけませんか。<br>kinkyuu nan desuga, denwa o kashite itadakemasenka |
| ⬆ 因為有事要報警，可以借一下手機嗎？ | 困<sup>こま</sup>ったことがあって１１０番<sup>ひゃくとおばん</sup>したいんですが、ケータイをお借<sup>か</sup>りしてもよろしいでしょうか。<br>komatta koto ga atte hyakutooban shitain desuga, ke-tai o okarishitemo yoroshii deshouka |
| ⬆ 要叫救護車嗎？ | 救急車<sup>きゅうきゅうしゃ</sup>を呼<sup>よ</sup>んでいただけませんか。<br>kyuukyuusha o yonde itadakemasenka |
| 啊，小偷！ | あっ、泥棒<sup>どろぼう</sup>！<br>at, dorobou |
| 那個人是小偷啊。 | あの人<sup>ひと</sup>、引<sup>ひ</sup>ったくりです。<br>anohito, hittakuri desu |

🎧 275.mp3

| | | |
|---|---|---|
| | 我被那個人偷了手袋。 | あの人にカバンを盜まれました。<br>anohito ni kaban o nusumaremashita |
| | 別跑，小偷！ | 待て、泥棒！<br>mate, dorobou |
| | 請抓住那個人。 | あいつを捕まえてください。<br>aitsu o tsukamaete kudasai |
| ♀ | 啊！色狼！ | キャッ！痴漢よ！<br>kyat! chikan yo |
| | 有什麼事，就要叫警察。 | 何するんですか、警察を呼びますよ！<br>nani surun desuka, keisatsu o yobimasu yo |
| | 那個人是色魔！誰來幫忙抓住他！ | あの人、痴漢です！誰か捕まえて！<br>anohito, chikan desu!dareka tsukamaete |
| | 你到底在幹什麼！ | 一体何するんですか！<br>ittai nani surun desuka |
| | 別這樣！ | やめてください！<br>yamete kudasai |
| 💬 | 誰能救救我！ | 誰か、助けて！<br>dareka, tasukete |
| | 救命啊！ | 類 助けてください！<br>tasukete kudasai<br><br>📘 最典型的求救表現。 |
| | 誰請來幫我通報警察。 | 誰か警察に通報してください。<br>dareka keisatsu ni tsuuhou shite kudasai |

🎧 276.mp3

| | |
|---|---|
| 啊，請幫忙報警。 | あの、110番お願いします。<br>ano, hyakutooban onegai shimasu |
| 喂，是警察嗎？ | もしもし、警察ですか。<br>moshimoshi, keisatsu desuka |
| 這裏有很多單車偷竊事件。 | この辺は自転車の盗難が多いんですよ。<br>konohen wa jitensha no tounan ga ooin desu yo |
| 還是下雙重鎖比較好。 | 二重ロックにしたほうがいいですよ。<br>nijuurokku ni shita hou ga ii desu yo |
| 發生了火災，可以幫我通報一下嗎？ | 火事なんですが、通報してもらえますか。<br>kaji nan desuga, tsuuhou shite moraemasuka |
| 這滅火器該怎麼用？ | この消火器は、どうやって使うんですか。<br>kono shoukaki wa, douyatte tsukaun desuka |
| 👥 ♂ 啊，地震！ | あっ、地震だ！<br>at, jishin da |
| 💬 快點躲到桌子的下面！ | 早くテーブルの下に！<br>hayaku te-buru no shita ni |
| ↓ 危險，快躲到桌子的下面！ | 危ないから机の下に潜って！<br>abunai kara tsukue no shita ni mogutte |
| 💬 快關掉廚房的火種。 | 早く台所の火を消さないと。<br>hayaku daidokoro no hi o kesanaito |

# 10.4 失物認領

🎧 277.mp3

💬 不好意思，遺失了錢包。

あの、財布を落としてしまったんですが。
ano, saifu o otoshite shimattan desuga

撿到什麼東西？

何を拾いましたか。
nani o hiroimashitaka

不知放到哪裏了，是不是被送到這裏來？

どこかに置き忘れたみたいなんですが、届いてませんか。
dokoka ni okiwasuretamitai nan desuga, todoitemasenka

💬 我丟了東西。

📣 落し物をしてしまったんですが。
otoshimono o shite shimattan desuga

📖 「落し物をしてしまったんですが，届いていませんか／otoshimono o shiteshimattan desuga, todoiteimasenka」（我丟了東西，是不是被送到這裏來？）的後面省略。

💬 我的銀包在哪裏掉的。

📣 財布をどこかに落としちゃったんですが。
saifu o dokoka ni otoshichattan desuga

📖 「落としちゃったんですが」源自「落としてしまったんですが／otoshite shimattan desuga」，是年輕人經常用的典型口語。

送到了。

届いてますよ。
todoite masu yo

💬 這個是在鐵路站撿到的。

これ、駅の階段で拾ったんですが。
kore, eki no kaidan de hirottan desuga

🎧 278.mp3

| | |
|---|---|
| 是失物，可以送到哪裏？ | 落し物なんですが、どこに届けたらいいですか。<br>otoshimono nan desuga, doko ni todoketara ii desuka |
| 剛才有個親切的人拿過來了。 | さっき、親切な人が届けてくれましたよ。<br>sakki, shinsetsu na hito ga todokete kuremashita yo |
| 這是失物。 | これ、落し物です。<br>kore, otoshimono desu |
| 啊，你剛剛掉了甚麼東西。 | 🔵 あの、何か落ちましたよ。<br>ano, nanika ochimashita yo<br><br>📖「我看見你剛剛掉了什麼東西」的意思。 |
| 剛才遺失了這個嗎？ | 🔵 さっき、これ落としませんでしたか。<br>sakki, kore otoshimasen deshitaka<br><br>📖「這是你剛掉的東西嗎」的歪曲表現。發問者其實肯定那東西是對方的。 |
| 錢包被偷了。 | 財布を盗まれてしまいました。<br>saufu o nusumarete shimaimashita |
| 想告知被偷竊了。 | 盗難届けを出したいんですが。<br>tounantodoke o dashitain desuga |
| 知不知在什麼地方遺失的？ | どこで落としたかわかりますか。<br>doko de otoshitaka wakarimasuka |
| 請填寫失物認領表。 | この遺失物届けにご記入ください。<br>kono ishitsubutsutodoke ni gokinyuu kudasai |
| 那個袋是什麼顏色的？ | どんな色のカバンですか。<br>donna iro no kaban desuka |

| 裏面有什麼東西？ | 中<sup>なか</sup>にどんなものが入<sup>はい</sup>ってますか。<br>naka ni donna mono ga haitte masuka |
| --- | --- |
| 有護照，信用卡，還有現金。 | パスポートにクレジットカード、それに<br>現金<sup>げんきん</sup>です。<br>pasupo-to ni kurejittoka-do, sore ni genkin desu |
| 請再詳細一點。 | もう少<sup>すこ</sup>し詳<sup>くわ</sup>しく話<sup>はな</sup>してください。<br>mou sukoshi kuwashiku hanashite kudasai |
| 有什麼特徵嗎？ | 何<sup>なに</sup>か特徴<sup>とくちょう</sup>がありますか。<br>nanika tokuchou ga arimasuka |
| 錢包裏有多少錢？ | 財布<sup>さいふ</sup>にはいくら入<sup>はい</sup>ってましたか。<br>saifu niwa ikura haitte mashitaka |
| 信用卡是哪間公司的？ | クレジットカードはどこの会社<sup>かいしゃ</sup>のものですか。<br>kurejittoka-do wa doko no kaisha no mono desuka |
| 那是哪間銀行的現金卡？ | それはどこの銀行<sup>ぎんこう</sup>のキャッシュカードですか。<br>sore wa doko no ginkou no kyasshuka-do desuka |
| 巴士司機送到這裏的。 | バスの運転手<sup>うんてんしゅ</sup>さんが届<sup>とど</sup>けてくれましたよ。<br>basu no untenshusan ga todokete kuremashita yo |

🎧 280.mp3

| | | |
|---|---|---|
| | 剛才從巴士公司來了電話，說是找到了錢包。 | 先ほど、バス会社から財布が見つかったという電話がありました。<br>sakihodo, basugaisha kara saifu ga mitsukatta to iu denwa ga arimashita |
| 👥 | 找到了真高興。 | 見つかってよかった。<br>mitsukatte yokatta |
| | 現金就算了，至少想找到護照。 | 現金はともかく、せめてパスポートだけでも…。<br>genkin wa tomokaku, semete pasupo-to dake demo |
| 💬 | 鎖匙丟了。 | 鍵を落としてしまったんですけど。<br>kagi o otoshite shimattan desukedo |
| | 什麼樣的鎖匙？ | どんな形の鍵ですか。<br>dona katachi no kagi desuka |
| | 今次之後請小心點吧。 | 今度からは気をつけてくださいよ。<br>kondo kara wa ki o tsukete kudasaio yo |
| | 找到了。真是不幸中之大幸。 | よく見つかったね。ホントに不幸中の幸いだね。<br>yoku mitsukattene. honto ni fukouchuu no saiwai dane |
| | 請冷靜點再說。 | 落ち着いてゆっくり話してください。<br>ochitsuite yukkuri hanashite kudasai |

語法 10　表示經驗

動詞 たことがあります。
動詞加上「たことがあります」
做（動詞）過。
＊意志動詞（意志的動詞）

| 動詞 |
|---|

| 1 類動詞（…く、…す）　原型（u → i）＋たことがあります。 | |
|---|---|
| <ruby>先生<rt>せんせい</rt></ruby>に<ruby>手紙<rt>てがみ</rt></ruby>を<ruby>書<rt>か</rt></ruby>いたことがあります。<br>（<ruby>書<rt>か</rt></ruby>く kaku → kai） | 先我寫過信給老師。 |
| <ruby>彼<rt>かれ</rt></ruby>に<ruby>お金<rt>かね</rt></ruby>を<ruby>貸<rt>か</rt></ruby>したことがありますが、なかなか<ruby>返<rt>かえ</rt></ruby>してくれませんでした。（<ruby>返<rt>かえ</rt></ruby>す kaesu → kaeshi） | 我借過他錢，果然沒有還給我。 |
| 例外<br><ruby>小<rt>ちい</rt></ruby>さい<ruby>頃<rt>ころ</rt></ruby>、<ruby>北海道<rt>ほっかいどう</rt></ruby>に<ruby>行<rt>い</rt></ruby>ったことがあります。<br>（「<ruby>行<rt>い</rt></ruby>く」變「<ruby>行<rt>い</rt></ruby>って」） | 小時候去過北海道。 |

| 1 類動詞（…ぐ）　原型（u → i）＋だことがあります。 | |
|---|---|
| この<ruby>川<rt>かわ</rt></ruby>で<ruby>泳<rt>およ</rt></ruby>いだことがあります。<br>（<ruby>泳<rt>およ</rt></ruby>ぐ oyogu → oyogi） | 在這條河游過泳。 |

| 1 類動詞（…む、…ぶ、…ぬ）　原型（－む、－ぶ、－ぬ）＋んだことがあります。 | |
|---|---|
| <ruby>私<rt>わたし</rt></ruby>は<ruby>外国<rt>がいこく</rt></ruby>のビールを<ruby>飲<rt>の</rt></ruby>んだことがあります。<br>（<ruby>飲<rt>の</rt></ruby>む） | 我喝過外國啤酒。 |
| <ruby>彼女<rt>かのじょ</rt></ruby>とは<ruby>小<rt>ちい</rt></ruby>さい<ruby>頃<rt>ころ</rt></ruby>、<ruby>一緒<rt>いっしょ</rt></ruby>に<ruby>遊<rt>あそ</rt></ruby>んだことがあります。（<ruby>遊<rt>あそ</rt></ruby>ぶ） | 小時候曾經跟她一起玩。 |
| あの<ruby>人<rt>ひと</rt></ruby>は<ruby>死<rt>し</rt></ruby>んだことがあると<ruby>言<rt>い</rt></ruby>っていましたが、<ruby>信<rt>しん</rt></ruby>じられません。<ruby>死<rt>し</rt></ruby>ぬ） | 那個人說自己死過，實在難以置信。 |

| 1 類動詞（…る、…つ、…う）　原型（－る、－つ、－う）＋ったことがあります。 | |
|---|---|
| 若<sub>わか</sub>い頃<sub>ころ</sub>、重<sub>おも</sub>い病気<sub>びょうき</sub>にかかったことがあります（かかる） | 年輕的時候，得過重的病。 |
| 一度<sub>いちど</sub>だけ、サッカーの試合<sub>しあい</sub>で彼<sub>かれ</sub>のチームに勝<sub>か</sub>ったことがあります。（勝<sub>か</sub>っ） | 只此一次在足球比賽贏過他的隊伍。 |
| どこかで私<sub>わたし</sub>に会<sub>あ</sub>ったことがありますか。（会<sub>あ</sub>う） | 你有在哪裏見過我嗎？ |

| 2 類動詞　原型（－る）＋たことがあります。 | |
|---|---|
| この料理<sub>りょうり</sub>は何度<sub>なんど</sub>か食<sub>た</sub>べたことがあります。（食<sub>た</sub>べる） | 這個料理不知吃過多少次。 |
| 結婚<sub>けっこん</sub>のことを考<sub>かんが</sub>えたことがあります。（考<sub>かんが</sub>える） | 考慮過結婚。 |
| 犬<sub>いぬ</sub>を育<sub>そだ</sub>てることがありますが、とても大変<sub>たいへん</sub>でした。（育<sub>そだ</sub>てる） | 有養過狗，非常麻煩。 |

| 3 類動詞（する・来<sub>く</sub>る） | |
|---|---|
| 以前<sub>いぜん</sub>、あのレストランで食事<sub>しょくじ</sub>したことがあります。（食事<sub>しょくじ</sub>する） | 以前有在那餐廳吃過飯。 |
| 日本<sub>にほん</sub>に留学<sub>りゅうがく</sub>したことがあります。（留学<sub>りゅうがく</sub>する） | 去過日本留學。 |
| たしかここには来<sub>き</sub>たことがありますね。（来<sub>く</sub>る） | 好像來過這裏。 |

## 地道竅訣 10　外來語和片假名語

在日本，「カタカナ語 / katakanago（包括外來語的片假名語）」隨處可見。即使不懂日語，説簡單一點的英語單詞的話還是能夠溝通。外來語當然沒有漢字多，但還是被非常廣泛地使用。現在，不帶片假名語的日語不止落伍，更會給人不協調的感覺。外來語「ワイン（wene= 葡萄酒）」和「アシスタント（assistant 助手）」比漢字語言的「葡萄酒」和「助手 joshu」要用得多。

從英語借來的外來語，一開始有基本的生活單語如「ＯＫ（ok= 好）」，「サンキュー（thank you= 謝謝）」，然後有「バス（bus= 巴士）」，「チケット（ticket= 票）」，「カード（card= 卡）」等生活名詞。另外，除了英語，在江戶時代和日本積極交流的葡萄牙，荷蘭等也是外來語的來源。以葡萄牙語為基礎的外來語有「パン（麵包）」、「タバコ（香煙）」等，現在也被廣泛使用。而「ランドセル（小學生用雙肩揹書包）」，「メス（手術刀）」等的荷蘭外來語也不少。

始於中文（普通話）的外來語有「ラーメン（拉麵）」，「チャーハン（炒飯）」，有「メンツ（面子）」。來自廣東話的也不少，有「ヤムチャ（飲茶）」，「ワンタン（餛飩）」等。有人説「はいいいえ（是 / 不是）」的「はい（是）」的詞源乃廣東話的「係」。就連日本語最常用的「－さん（－先生 / －小姐）」也被説成來自廣東話的「－生」（先生）。

在片假名語的世界，除了外來語，還有所謂「和製英語（在日本作出來的日式英語）」。這些都是從英語等的外來語為詞素作出來的詞語。有「パソコン（個人電腦）」、「バイト（臨時工）」、「ナイター（夜場比賽）」等。這些字的特徵是，雖然詞素皆來自外語，但因為經過簡化、提煉、組合，作為外來語卻不為外國人輕易理解。但間中這些「和製英語」會出口並在國外被使用。有趣的是「和製英語」和日語在國外被使用的情況，例如在中國人會用「コスプレ（cosplay）」、「オタク（宅男 / 宅女）」等詞語。

# 五十音圖

| | 清音 | | | |
|---|---|---|---|---|
| a あ ア | i い イ | u う ウ | e え エ | o お オ |
| ka か カ | ki き キ | ku く ク | ke け ケ | ko こ コ |
| sa さ サ | shi し シ | su す ス | se せ セ | so そ ソ |
| ta た タ | chi ち チ | tsu つ ツ | te て テ | to と ト |
| na な ナ | ni に ニ | nu ぬ ヌ | ne ね ネ | no の ノ |
| ha は ハ | hi ひ ヒ | fu ふ フ | he へ ヘ | ho ほ ホ |
| ma ま マ | mi み ミ | mu む ム | me め メ | mo も モ |
| ya や ヤ | | yu ゆ ユ | | yo よ ヨ |
| ra ら ラ | ri り リ | ru る ル | re れ レ | ro ろ ロ |
| wa わ ワ | | | | o を ヲ |
| n ん ン | | | | |

## 濁音・半濁音

| ga が ガ | gi ぎ ギ | gu ぐ グ | ge げ ゲ | go ご ゴ |
|---|---|---|---|---|
| za ざ ザ | ji じ ジ | zu ず ズ | ze ぜ ゼ | zo ぞ ゾ |
| da だ ダ | ji ぢ ヂ | zu づ ヅ | de で デ | do ど ド |
| ba ば バ | bi び ビ | bu ぶ ブ | be べ ベ | bo ぼ ボ |

| pa ぱ パ | pi ぴ ピ | pu ぷ プ | pe ぺ ペ | po ぽ ポ |
|---|---|---|---|---|

圖例：

a ——— 羅馬拼音（ローマ字）
あ ——— 平假名（ひらがな）
ア ——— 片假名（カタカナ）

| 拗音 | | |
|---|---|---|
| **kya** きゃ キャ | **kyu** きゅ キュ | **kyo** きょ キョ |
| **gya** ぎゃ ギャ | **gyu** ぎゅ ギュ | **gyo** ぎょ ギョ |
| **sha** しゃ シャ | **shu** しゅ シュ | **sho** しょ ショ |
| **ja** じゃ (ぢゃ) ジャ (ヂャ) | **ju** じゅ (ぢゅ) ジュ (ヂュ) | **jo** じょ (ぢょ) ジョ (ヂョ) |
| **cha** ちゃ チャ | **chu** ちゅ チュ | **cho** ちょ チョ |
| **nya** にゃ ニャ | **nyu** にゅ ニュ | **nyo** にょ ニョ |
| **hya** ひゃ ヒャ | **hyu** ひゅ ヒュ | **hyo** ひょ ヒョ |
| **bya** びゃ ビャ | **byu** びゅ ビュ | **byo** びょ ビョ |
| **pya** ぴゃ ピャ | **pyu** ぴゅ ピュ | **pyo** ぴょ ピョ |
| **mya** みゃ ミャ | **myu** みゅ ミュ | **myo** みょ ミョ |
| **rya** りゃ リャ | **ryu** りゅ リュ | **ryo** りょ リョ |

# 自學日語：實況溝通50篇

作者
橋本 司

編輯
Kiyon Wong

美術設計
Nora Chung

排版
辛紅梅

出版者
**萬里機構出版有限公司**
香港鰂魚涌英皇道1065號東達中心1305室
電話：2564 7511
傳真：2565 5539
電郵：info@wanlibk.com
網址：http://www.wanlibk.com
　　　http://www.facebook.com/wanlibk

萬里機構

萬里 Facebook

發行者
**香港聯合書刊物流有限公司**
香港新界大埔汀麗路 36 號
中華商務印刷大廈 3 字樓
電話：2150 2100
傳真：2407 3062
電郵：info@suplogistics.com.hk

承印者
**中華商務彩色印刷有限公司**
香港新界大埔汀麗路 36 號

出版日期
二零一八年五月第一次印刷